이 책의 제목은 무엇인가요?

오늘의 질문 지음

FOREST
WHALE

프롤로그

    질문은 제 인생에 있어서 꽤 어려운 존재였습니다. 무척이나 많은 질문을 저에게 쏟아냈지만, 정작 정답을 찾은 질문은 얼마 없었거든요. 아직도 저는 저에게 계속해서 질문을 던지는 중입니다. 재밌는 질문을 떠올리고 답변에 대해 생각합니다. 답변을 떠올리지 못하면 왜 떠올리지 못했는지 질문하고 또 고민하죠. 그렇게 계속해서 꼬리를 물다 보면 질문과 답변의 매력에 빠지게 됩니다. 저는 이 매력을 많은 사람들이 알았으면 했습니다. '인스타 릴스'라는 빠르고 소모적인 콘텐츠 사이에서, 화면을 내리는 손가락을 멈추고 싶었죠. 그렇게 생겨난 채널이 '오늘의 질문'입니다.

    이미 알고 계실 수도 있지만, 제 채널에는 하루에 4개의 질문이 올라옵니다. 그리고 제 콘텐츠를 완성하는 멋진 답변들도 올라오죠. 항상 제가 팬 분들에게

"이 채널은 여러분이 만들어가는 채널이다"라고 이야기하는데, 이게 사실입니다. 질문에 대해 생각하고 고민하는 사람이 없다면, 질문해야 할 이유도 사라지니까요.

그렇기에 저는 항상 감사를 표할 수밖에 없습니다. 별거 없던 한 사람의 질문이, 이렇게 책이라는 멋진 무대에 올라왔으니 말이죠. 제게 오는 모든 기회에 감사하고 있지만, 여기까지 올라오게 해준 오답이들과 책이라는 멋진 기회를 선사해 주신 포레스트 웨일 출판사, 항상 옆에서 응원해 주신 부모님, 투정을 받아주는 친구들에게 더 큰 감사의 말씀을 올립니다.

준비됐나요?

이 책에는 제가 게시한 질문 중 101개의 질문이 들어있습니다. 각 질문 속에는 또 다른 질문들이 존재하는데, 저는 당신이 그 질문에 대한 답변을 작성했으면 합니다. 그래서 준비물이 필요합니다. 노트 한 권을 준비해 주세요. 바라는 점이 있다면, 당신과 가장 어울리는 노트로 준비해 주셨으면 좋겠습니다. 좋아하는 색과 캐릭터, 디자인을 생각하며, 당신이 주인공인 이야기가 쓰일 공간을 만들어 주세요.

　준비가 다 끝났는지 몸풀기로 첫 번째 질문을 던져 보겠습니다. 당신은 왜 이 책을 고르게 됐나요? 표지가 궁금해 보여서? 제목이 재밌어서? 오래 생각할수록 좋습니다. 이 책을 읽는 동안은 생각하는 시간이 읽는 시간보다 길었으면 좋겠습니다. 질문에 대한 정답을 찾으려고 하기보다는, 질문에 대한 또 다른 질문을 찾는다고 생각해 주세요. 제가 던지는 질문에는 어떤 답도 존재하지 않습니다. 여러분이 생각하는 모든 단어와 문장이 정답입니다. 준비는 다 끝난 것 같네요. 이제 진짜 시작하도록 하겠습니다.

차 례

Q.
이름에 어떤 뜻이 담겨있나요?

우리는 글을 쓰거나 무언가를 기록할 때, 상단에 이름을 가장 먼저 적고 시작한다. 생각하고 고뇌하며 글을 작성한 주체가 '나'라는 것을 상기시키기 위해서일지도 모르겠다. 여행하다가 추억하고 싶은 장소를 발견하게 되면, 사진으로 나와 함께 저장하곤 한다. 글에 이름을 작성하는 것 또한 같다. 그 순간에 떠오른 문장 속에 나를 집어넣는 것이다.

그렇다면 당신의 이름에는 어떤 뜻이 담겨있는가? 확실치는 않지만, 많은 사람들은 한자로 이름의 의미를 기억하고 있을 것이다. 나 또한 마찬가지이다. 내이름에는 공적인 일로 뜻을 넓게 펼치라는 의미가 담겨있다. 나는 이름의 의미대로 살아가고 있다고 생각하지 않는다. 이 책을 보고 있는 당신 또한 그렇게 느낄 수도 있다. 이름은 이름일 뿐, 환경과 경험 속에서 우리는 변화하기 때문이다. 이상하게 들릴 수도 있지만, 그렇기 때문에 오히려 이름의 의미에 대해 아는 것이 중요하다고 생각한다.

앞서 얘기한 것처럼 우리는 질문에 대한 질문을 생각해 봐야 한다. 예를 들어보자. 만약 당신이 이름의 뜻과 다르게 살아가고 있다면, 당신은 이름의 뜻처럼 살고 싶은가, 아니면 다른 방향성을 가지고 살아가고 싶은가. 이 외에도 정말 많은 질문을 나에게 던질 수 있다. 이름에 대한 질문을 처음으로 넣은 의도를 파악했다면, 자신의 이름을 적고 깊은 질문들에 빠질 준비를 해보자.

Q.

당신의 별명은 무엇인가요?

현재 나의 별명은 '오질이' 이다. 오늘의 질문에 속해 있는 팬 분들인 '오답이' (오늘의 답변) 가 지어준 나의 명칭이다. 오늘의 질문을 줄여서 오질이. 이 별명에 대해 모르고 있는 사람들은 선생님, 작가님, 형님 등 다양한 별명으로 나를 불러주고 있다. 이런 다양한 종류의 별명들은 내가 만들어낸 것이 아니다. 온전히 나에 대한 이미지만 보고 사람들이 내게 선사해준 것이다. 이 질문에는 두 가지 물음표를 담았다. 첫번째는 내가 생각하는 나의 별명이고, 두 번째는 남이 정해준 나의 별명이다. 이 두 질문에 대답하다 보면, 내가 어떤 모습을 바라고 있는지 알게 될 것이다.

오늘의 질문 인스타를 시작하고 친구들에게 나는 '감성 없는 감성 글귀 쓰는 애'라는 별명을 얻었다. 현실적이고 감성 따위는 없는 나에겐, 어울리지 않는 인스타이기 때문이다. 반대로 내가 정한 나의 별명은 '인플루언서'였다. "정말 나도 유명해졌을까, 인플루언서라는 이름을 감히 입에 올려봐도 되지 않을까"라는 오만한 생각에 가득 차 있었기 때문이다.

이름을 쓰듯 지금 머릿속에 떠오른 별명을 적어보자. 타인에게 들었던 별명, 내가 정한 나의 별명, 내가 듣고 싶은 별명, 다 적어도 상관없다. 과거의 별명은 추억을 남길 것이고, 현재의 별명은 방향성을 잡아줄 것이다. 그것들이 쌓여 미래에 내가 원하는 별명을 가지게 될 순간을 떠올리며 작성해 보자.

Q.
명함에 나를 소개하는 한 줄을 쓴다면
어떤 내용을 쓸 건가요?

나를 소개하는 한 줄의 글을 만드는 것은 정말 어려운 일이다. 이 질문도 실제로 내가 명함을 만들다 생각난 고민이자 질문이다. 오랜 고민 끝에 만들어진 한 줄은 '끊임없이 질문하는 사람'이다. 지금 작성하고 있는 책과 연관도 있고, 평소의 내 습관과도 어울리기 때문이다. 만약 몇 달 전에 이 질문을 받았다면 나는 쉽게 대답하지 못했을 것이다. 그때까지만 해도 나의 질문은 그저 하찮은 잡생각이었기 때문이다.

앞서 얘기한 별명과는 달리, 나를 소개하는 한 줄은 온전히 나의 주관에서 생성된다. 심지어 내 명함이기 때문에 더욱 깊게 고민하게 된다. 어쩌면 이는 사람들에게 어떻게 비쳤으면 하는지를 묻고 있는 것일지도 모른다. 당신은 사람들에게 어떤 존재로 남고 싶은가, 혹은 어떤 이미지로 기억되고 싶은가. 이에 대한 질문은 현재의 트렌드에 가장 중요한 고민거리이다. 사람들에게 보이는 것에 대한 즐거움과 두려움이 공존하는 세상에 살고 있기 때문이다.

질문에 굳이 명함이라는 키워드를 넣은 이유는, 단순히 소개하는 글뿐만 아니라 명함의 색과 디자인은 어떻게 하고 싶은지 생각해 봤으면 하기 때문이다. 내가 좋아하는 색은 무엇인지, 글자는 어떤 느낌이었으면 좋겠는지 생각해 보자. 내가 어떤 분위기로 보였으면 하는지에 대한 갈피를 잡을 수 있을 것이다.

나의 첫 번째 버킷 리스트는?

나의 첫 번째 버킷 리스트는 '아이슬란드 여행'이다. 과거에 갔었던 여행지 중에서 아이슬란드만 한 곳이 없었다. 마음이 뻥 뚫린다는 느낌을 살면서 처음으로 느껴본 장소이기도 하다. 지금 나의 무한한 호기심들이 아이슬란드 여행을 통해 생기지 않았나 싶다. 어린 나이에 광활한 자연과 함께한 시간은 그 어떠한 것보다도 값진 경험이었다. 다른 건 몰라도 여행만큼은 꼭 함께 가려고 했던 부모님의 마음을 인제야 조금 이해할 것 같다.

나는 버킷 리스트를 최대한 많이 적으려고 노력한다. 이루고 싶은 목표, 사고 싶은 물건, 만나고 싶은 사람 등 버킷 리스트는 적어도 끝이 없다. 리스트를 하나씩 해결해 가는 재미에 삶을 살아가는 것이 아닌가 싶을 정도이다. 지금 이뤄내고 있는 버킷 리스트는

'책 쓰기'인데, 글을 쓰고 있는 지금도 사실은 크게 믿기지 않는다. 책이 나오면 얼마나 더 놀라울까. 직접 서점에 가서 보지 않는 이상 실감하지 못할 것 같다.

당신의 첫 번째 버킷 리스트는 무엇인가? 버킷 리스트가 아닌 이루고 싶은 소소한 목표여도 좋다. 삶은 작은 성취감들이 모여 하나의 탑을 이루는 과정이라고 생각하기에, 항상 내 앞에 자그마한 목표가 존재한다면 삶이 더욱 풍성해질 것이라 자부한다. 버킷 리스트를 작성했다면, 내가 왜 이런 생각을 했을지 고민해보는 것도 좋다. 그 고민이 쌓이면 나의 결핍이 보이기 때문이다. 군대에 있을 때 내가 쓴 버킷 리스트를 보면, 여행과 관련된 내용밖에 존재하지 않는다. 자유에 대한 갈망이 컸다는 것이 버킷 리스트에 드러난 것이다. 자신이 쓴 버킷 리스트를 한번 유심히 관찰해보자. 내가 진정으로 원하는 것이 무엇인지를 버킷 리스트를 통해 찾을 수 있을 것이다.

나를 위해 얼마나 투자할 수 있나요?

나에게는 서슴없이 투자하고 있는 두 가지가 존재한다. 첫 번째는 경험이고, 두 번째는 배움이다. 먹고 보고 느끼는 경험에 대한 투자는 아까워하지 않는다. 매일 질문을 올리는 사람으로서 경험은 자산이 되기 때문이다. 어릴 적부터 부모님 또한 여행에 대한 경험을 중요시하셨기에, 그 점을 닮은 것이 아닌가 싶다. 배움 또한 마찬가지이다. 배움에는 끝이 없기에, 어떤 것에 대한 배움이든 멈추지 않으려고 노력하는 중이다. 지금도 체스, 타로, 농구, 클라이밍, 편집 등 여러 분야를 배우고 있다. 호기심이 바닥나지 않는 이상, 배움을 멈추는 일은 없을 것이다.

그렇다면 당신은 얼마나 투자할 수 있는가? 이 질문은 단순히 물질적인 것을 의미하지 않는다. 나에게 어느 정도의 너그러움을 가졌는지, 나를 얼마나 좋아하는지 등 여러 질문이 내포 되어있다. 그렇다고 나를 사랑해라, 나와 친해져라. 같은 말은 하고 싶지 않다. 나 또한 나를 별로 좋아하지 않는데 어떻게 그런 말을 할 수 있을까. 적어도 평생을 함께해야 하는 존재이니, 내게도 조금 더 관심을 가졌으면 하는 마음에 질문을 던져본다.

Q.

성공하면 가장 먼저 하고 싶은 것은?

당신이 생각하는 성공의 기준은 무엇인가? 돈을 많이 버는 것, 유명해지거나 권력을 갖는 것 등 무엇이든 될 수 있다. 성공의 기준을 떠올렸다면, 조금 더 자세히 들어가 보자. 예를 들어 돈을 많이 버는 것이 성공의 기준이라면, 얼마를 벌어야, 혹은 어떤 물건을 살 수 있을 정도가 되어야 성공했다고 생각하는가? 성공의 기준을 이렇게 자세히 물어보는 이유는, 성공한 미래의 내 모습을 그려보기 위해서이다. 당신이 생각하는 성공의 기준을 모두 이룬 모습을 머릿속에 그려보자.

이 질문은 실제 내가 받았던 질문이다. 마케팅 강의를 듣기 전, 나와 상담했던 강사님이 이 질문과 똑같이 나에게 물었다. 나는 "그만하고 싶다"라고, 대답했다. 정말 그만하고 싶었다. 생각도 고민도, 앞으로 나아가야 한다는 강박도 말이다. 만약 지금 똑같은 질문을 받는다고 해도, 나는 그대로 대답할 것이다. 성공하면, 모든 것이 부질없어질 것 같다는 생각. 어쩌면 내가 생각하는 성공의 기준이 굉장히 높아서 이런 답변을 한 걸지도 모르겠다.

그래서 이제는 성공의 기준을 많이 낮추려고 노력한다. 눈앞에 있는 성공을 바라보기로 했다. 인스타 팔로워 1,000명 모으기. 성공했다. 릴스 조회수 1만 달성하기 또한 성공했다. 기준을 낮추니 계속해서 성공하고 싶어진다. 갑자기 왜 이런 얘기를 하느냐. 당신은 이미 많은 것을 이뤘을 것이다. 뒤돌아보니 별거 아닌 일이라고 느껴질 뿐이다. 먼 미래의 성공이 아닌, 가까운 성공을 이뤘을 때 나에게 어떤 선물을 줄지 생각해 보자. 그 선물이 쌓이다 보면, 당신이 생각한 마지막 성공에 도달해 있을 것이다.

Q.

마지막으로 나에게 준 선물은?

　그렇다면 마지막으로 나에게 준 선물은 무엇인가?
꼭 물질적인 것이 아니어도 된다. 나는 여유로움이 없
던 내게 여유를 선물했다. 아무것도 하지 않아도 되는
날을 만들었고, 평소 좋아하는 '모르는 장소 산책하
기'를 선물했다. 꽤 마음에 들었는지 심리적 편안함에
조금은 가까워진 것 같다. 선물은 생각하기 나름이다.
먹고 싶은 음식을 먹는 것, 보고 싶은 사람을 만나는
것 모두 선물이 될 수 있다.

　사실 이 질문의 본질을 찾기 위해서는 조금 더 깊
은 질문으로 들어가야 한다. 선물의 개념은 무엇인
가? 나는 어느 정도까지 선물로 인지하고 있는가? 선
물을 너무 먼 곳에서 찾고 있는 것은 아닐까? 선물은
고르는 사람의 마음도 중요하지만, 받는 사람이 선물
이라고 느끼는 것 또한 중요하다. 일상에서 하는 소소

한 선택을 당신은 선물이라고 생각하는가? 아마 그렇게 생각해 본 적은 거의 없을 것이다. "고생했으니 커피 한잔 사줘야지", "일도 끝났으니 재밌게 놀게 해줘야지"처럼 무조건 긍정적으로만 생각하라는 것이 아니다. 선물이라는 질문에 대한 대답을 멀리서 찾지 말라는 이야기이다. 생각보다 아주 가까운 곳에서 이미 나에게 선물을 주고 있을지도 모른다. 그렇다면 한 번 다른 질문도 던져보겠다. 지금 나에게 주고 싶은 선물이 있는가?

내게 가장 미안한 것은 무엇인가요?

선물을 골랐다면, 마음속에 있는 나와 대화를 해보자. 열심히 버티며 살고 있는데, 모질게 밀어붙이진 않았는지. 칭찬이 필요한 순간에 부족하다며 성화를 내진 않았는지 말이다. 그렇다면 나는 그 말을 듣고 어땠는가? 세상에 유일한 내 편을 외면하진 않았는가? 나는 나를 돌보지 않았다고 확실히 얘기할 수 있다. 겉으로는 열심히 버티고 나아갔지만, 단 한 순간도 만족한 적이 없기 때문이다. 그렇다고 편히 쉬게 한 적도 없다. 쉬고 있는 나를 향해 끊임없이 질타했고, 부담을 줬다. 그 점이 너무나 미안하다.

나와 충분한 대화를 나눠보자. 이 페이지는 다른 공간에 비해 조금이나마 긴 시간을 할애했으면 한다. 미안한 것에 대한 생각과 대화가 끝났다면, 고마운 일에 관해 이야기해 보자. 여기까지 나를 끌고 와준 것에 대한 고마움, 항상 내 편이었던 것에 대한 고마움. 나라는 주체를 개별적인 사람으로 놓고 생각해 보자. 항상 나의 선택을 따르고, 후회도 절망도 슬픔도 함께한다. 위기를 함께 극복하고 행복 또한 함께 만끽한다. 이런 나에게 자그마한 위로의 말을 전해보자. 앞으로는 많은 칭찬과 격려로 함께 하겠다고, 더 이상 혼자 내버려두지 않겠다고.

Q.

차마 말하지 못하고
마음속에 담아둔 말이 있나요?

　지금 이 책을 보고 있는 당신은, 타인에게 속마음을
서슴없이 얘기하는 편인가? 아닌 건 아니다, 싫으면
싫다고 쉽게 이야기할 수 있는 사람인지 생각해 보자.
나는 속마음을 대부분 숨기는 편이다. 예전에는 힘든
일이 있으면 최대한 이야기했지만, 사람들을 많이 만
나며 생각이 바뀌었다. 속마음을 이야기하는 것이 나
의 약점이 될 수 있다는 것을 깨달았기 때문이다.

　내 마음속에 담아둔 말은 "그만하고 싶다"이다. 사
람들에게 얘기하면 서로 힘만 빠지는 말이라는 것을
알기에, 마음속 깊은 곳에 묻어두었다. 당신은 어떤
말을 마음속에 담아두었는가? 짝사랑하는 사람이 있
다면 좋아하는 마음을 묻어두었을 수도 있고, 직장을
다닌다면 때려 치고 싶다는 말을 묻어뒀을 수도 있다.
어떠한 답변이든 좋다. 그렇다면 왜 그 말을 마음속에

묻어두고 있는지 생각해 보자. 그 말이 마음속 깊은
곳에서 독이 되어 내 삶을 힘들게 하는 것은 아닐지,
어떻게 하면 조금이나마 마음속 말을 꺼내 볼 수 있
을지 계속해서 고민해 보자.

Q.
나에게 실망했던 적이 있나요?

앞서 말했던 마음속 말을 내뱉지 못하는 상황, 진심을 전하지 못하는 상황은 나 자신에게 실망을 안겨준다. 나는 거의 매일 나에게 실망한다. 항상 최선의 삶을 살지 않고 게으름과 함께 살아가기 때문이다. 이 외에도 생각 없이 말을 내뱉거나, 깊은 고민 없이 길을 선택해 실망하는 경우도 있다. 가장 최근 나에게 실망했던 적이 있는가? 있다면 어떤 이유로 실망했고, 실망 이후의 나는 얼마나 성장했는지 생각해 보자.

전에는 나에게 실망하는 것이 나를 갉아먹는 일이라고 생각했지만, 이젠 아니다. 실망이 있어야 나아갈 수 있다. 실망 앞에는 실수가 존재하고, 그 앞에는 선택이 존재한다. 그러므로 실망했다는 것은 선택했다는 것이다. 앞으로도 계속해서 선택하고 실망할 것이다. 얼마든지 실망해도 좋지만, 자책은 하지 않았으면

한다. 당신의 선택과 실망은 경험이라는 더 큰 무기가
되어 당신에게 돌아올 것이기 때문이다.

Q.

내가 가장 멋져 보이는 순간은 언제인가요?

이제는 나에게 실망한 기억이 아닌, 멋진 순간을 떠올려보자. 쉽게 떠오르지 않아도 괜찮다. 우선 최근 내가 이룬 것은 무엇이 있는지 생각해 보자. 책을 쓰고 있는 현재를 기준으로 나는 인스타 팔로워 7만을 달성했다. 과거 인스타를 운영해 보고 싶은 마음에 2년 동안 계정을 10개 이상을 만들고 삭제했다. 마케팅 공부도 꾸준히 했고, 그 결과 1달 반 만에 7만 팔로워라는 결과가 나온 것이다. 이런 성과를 이룬 내가 멋지지는 않다. 아직 나는 과정에 있을 뿐이고 결말은 아직 보이지도 않는다고 생각하기 때문이다. 그렇지만 이 순간을 위한 첫걸음을 내디딘 과거의 나는 멋지다고 생각한다.

무언가를 이뤄낸 것이 없다면, 다른 방식으로 질문해 보자. 정말 하고 싶지만, 나의 발전을 위해 참은 순간이 있는가? 혹은 어떻게 하면 성장할 수 있을지 한숨을 내쉬며 고민한 적이 있는가? 나는 그 순간들 또한 진심으로 멋지다고 생각한다. 끊임없이 질문을 던질 필요가 있다는 것을 본인이 알고 있지 않은가. 물론 허황한 이야기라고 느낄 수 있다. 그렇다고 과하게 부정적일 필요는 없다. 나에게 질문을 던지는 사람은 생각보다 많지 않기 때문이다.

아무리 고민해도 멋진 순간이 생각나지 않는가? 그렇다면 지금 책 너머 나와 대화하고 있는 당신의 모습을 바라보자. 인정하지 않을 수 있지만, 책을 읽고 있는 당신의 모습은 그 누구보다도 멋있다. 적어도 나는 그렇다고 자부할 수 있다.

Q.
가장 최근에 들은 칭찬이 있나요?

우선 내가 생각하는 칭찬의 범위에 관해서 이야기해 보자. '재수 없다'라는 말을 들으면 어떤 기분이 드는가? 이상하게 들릴 수도 있지만, 나는 재수 없다는 말을 싫어하지 않는다. 게임을 할 때 "게임 참 비겁하게 하네!"라는 말이 극찬이라는 것을 들어본 적 있을 것이다. 나는 두 문장의 맥락이 비슷하다고 생각한다. 부러움과 인정이 담겨있다는 점에서 말이다.

당신이 가지고 있는 칭찬의 범위는 어느 정도인가? 이 질문이 단순히 긍정적인 마음가짐을 가졌는지 묻는 것처럼 느껴졌다면, 더 깊이 생각해 보길 바란다. 칭찬을 수용하는 범위가 넓다고 무조건 좋은 것이 아니다. 피드백 마저 칭찬으로 듣는다면, 오히려 마이너스적인 요소로 작용할 수 있기 때문이다.

범위에 대한 생각이 정리됐다면, 본론으로 돌아와

누구에게 어떤 칭찬을 받았는지 적어보자. 행동에 대한 칭찬, 능력에 대한 칭찬 뭐든 좋다. 칭찬을 받았을 때 나의 심정은 어땠는가? 칭찬을 받을 만했는가? 아니면 나에게 과분한 칭찬이었는가? 만약 아직 칭찬을 떠올리지 못하는 사람이 있다면, 내가 한가지 칭찬을 해주고 싶다. 이 페이지까지 온 당신을 칭찬한다. 글을 적으면서 여기까지 왔다면 더욱 대단한 일이기에 칭찬을 아끼지 않을 것이다.

내가 가진 애매한 재능이 있다면?

정말 잘한다고 하기엔 고수들이 너무 많고, 못한다고 하기엔 거짓말을 하는 것처럼 느껴지는 재능이 있는가? 재능이라는 단어가 생소하게 느껴진다면, 취미로 생각을 해보는 것도 좋다. 당신이 가진 취미 중에서 애매한 재능을 가진 취미는 무엇인가? 나 같은 경우에는 일러스트가 그에 해당한다. 일러스트 금손 분들과 비교해 보면, 내 그림은 한없이 초라해 보인다. 그렇다고 못한다고 하기에는 프로그램을 얼추 다룰 수 있기에 애매한 재능이라고 정의하고 있다. 당신도 이런 재능이 존재한다면, 모두 적어보도록 하자.

다 적었다면, 그 재능 중에서 계속해서 성장하고 싶은 재능은 무엇이고, 지금 상태에 만족하는 재능은 무엇인지 골라내 보자. 혹시 그 재능 중에서 미래에 업으로 삼고 싶은 재능이 있는가? 있다면 그 재능도 따로 표시해 두자. 표시하지 않았다고 해서 중요하지 않다는 것은 아니다. 키우고 싶은 것들을 명확히 정해놓는다면, 앞으로 나아가는 데 있어 큰 도움이 될 것이다. 만약 가진 재능이 없는 것 같아도 걱정하지 말자. 아직 발견되지 않은 재능이 애타게 당신을 기다리고 있을 것이기 때문이다.

지금 내 모습에 만족하고 있나요?
아니라면 이유는 무엇인가요?

만약 이 질문을 듣자마자 긍정적인 대답이 나온다면, 정말 부러울 것 같다. 지금 나의 모습에 만족할 수 있다는 것은, 앞으로 어떻게 발전하더라도, 자신을 좋아할 수 있다는 뜻이기 때문이다. 흔히 얘기하는 자존감이 높고 자기애가 넘치는 사람. 당신의 위 질문에 어떻게 답하였는가? 긍정이 아니라고 해서 잘못된 것은 아니다. 나 또한 부정적인 답변을 내놓았다. 아마 가장 빠르게 답변한 질문 중 하나이지 않을까 싶다.

지금의 내 모습에 만족한 적은 단 한 번도 없다. 항상 부족하다고 느껴진다. 이유는 모르겠다. 열심히 할 일을 하고 있어도 뭔가 아쉽다. 쉴 때가 되면 나태해진 것 같아 자책하고 꾸짖는다. 나는 이 질문을 받고 정말 다양한 질문을 나에게 던졌다. 왜 나는 만족하지 못하는가? 어떤 점이 부족하다고 생각하는가? 그렇다면 그 부족한 점을 보완하기 위해 무엇을 해야 하는가? 아직도 나는 이 질문에 답변을 찾고 있다. 만약 당신도 현재의 모습에 만족하지 못하고 있다면, 앞서 말한 질문을 따라가 보자.

Q.
가장 최근에 한 선행은 무엇인가요?

선한 행동이란 무엇인가? 나는 단순히 '타인에게 이로운 행동을 하는 것'이라고 정의를 내렸다. 그렇다면 타인에게 이로운 행동을 한 적이 있는가? 사소한 것도 괜찮다. 나는 선행이라고 하기도 부끄럽지만, 사소한 습관이 하나 존재한다. 문을 열고 지나갈 때, 문을 잡고 뒤를 항상 돌아보는 것이다. 사실 이 습관에는 사연이 존재한다. 예전에 마트에 갔을 때 뒤따라오는 아이를 보고 문을 잡아준 적이 있다. 그때 팔 아래로 지나간 아이가 꾸벅 인사하며 감사하다고 말하는 모습을 본 후로 문을 잡는 버릇이 생겼다.

엘리베이터 열림 버튼을 눌러주고, 카페에서 메뉴를 고민할 때 주문 순서를 타인에게 양보하는 등 선행은 어디에나 존재한다. 우리가 그것을 선행이라고 인지하지 못하는 것일 뿐이다. 이 질문을 여기에 넣은 이유는, 앞에 쓰인 만족에 대한 질문 때문이다. 선행을 하는 나의 모습을 떠올리며, 조금이나마 만족했으면 하는 욕심이 담겨있는 것이다. 선행이 도저히 생각나지 않아도 괜찮다. 이 책을 구매해 저자인 나와 책 사이로 대화를 나누며, 나의 의도를 따라와 주는 것만으로도 선행이다. 실제로 저자인 내가 그렇게 느끼고 있다는 것을 알아줬으면 한다.

Q.
고치고 싶은 습관이 있나요?

우선 내가 가지고 있는 습관에 대해 생각해 보자. 과거에 나는 다리를 떠는 습관을 지니고 있었다. 주변 사람들은 나에게 정신 사납다며, 그만 좀 하라고 얘기하곤 했다. 그래서 나는 친구에게 다리를 떨 때마다 때려달라고 얘기했다. 친구는 진심으로 내 다리를 때리기 시작했고, 나는 불과 몇 달 만에 다리 떠는 습관을 고치게 되었다. 물론 그 외에도 입을 벌리고 있는 습관, 무언가를 생각할 때 고개를 돌리는 습관 등 고치지 못한 여러 습관이 존재한다.

어떤 습관을 지니고 있는지 어느 정도 찾아냈다면, 그 중 진짜 습관이 무엇인지 생각해 보자. 습관과 특색은 생각보다 구별하기 힘들다. 정말 고치고 싶은 습관이 나를 대표하는 특색일 수도 있기 때문이다. 그래서 이 질문에는 한가지 질문이 따라온다. "정말 내가 고치고 싶은 습관이 맞는가?". 습관은 대부분 고치면 좋겠다는 주변의 권유로 인해 시작되곤 한다. 물론 주변의 권유가 다수라면, 진지하게 생각해 볼 필요가 있다. 하지만 단순히 소수의 참견이라면, 나의 특색을 잃지 않도록 깊게 고민해 볼 필요가 있다.

Q.

나는 무엇을 책임질 수 있나요?

현재 내가 책임지고 있는 것이 있는가? 아마 모든 사람이 나 자신을 책임지고 있을 것이다. 하루하루를 살아가는 것 또한 막중한 책임이 따르기 때문이다. 그렇다면 추가로 나는 어떤 책임을 지는 것이 가능할까? 본인의 상황에 따라 많은 것을 책임진다고 생각할 수도, 혹은 책임질 수 있는 것이 아직은 없다고 생각할 수도 있다. 만약 후자의 경우라면, 나는 앞으로 어떤 책임감을 가지고 살아가고 싶은지 고민해 보자.

한가지 질문을 더 던져보겠다. 당신이 생각하는 책임이란 무엇인가? 단순히 용어의 정의를 묻는 것이 아니다. 당신만의 의미를 묻고 있는 것이다. 나에게 책임이란 '지키는 것'이다. 가정을 지키는 것 또한 책임이고, 내가 맡은 일을 지켜서 하는 것 또한 책임이다. 책임에 대한 정의는 시간이 지나면서 계속해서 바

꿔겠지만, 현재의 나는 책임을 '지키는 것'으로 느끼고 있다. 당신에게 책임이 어떤 의미인지는 모르겠다. 그렇지만 책임의 무게가 무겁다는 것을 알고 있을 것이다. 무언가를 책임지는 순간이 분명 찾아올 것이다. 그때 이 질문에 대한 당신의 답변을 되새기며 조금이나마 힘을 얻었으면 한다.

Q.

인생에 있어서 가장 두려운 것은?

마주하고 싶지 않은 순간, 혹은 사람이 있는가? 마음속 두려움을 자극하는 존재는 무엇인가? 당신의 어두운 이야기를 꺼내고 싶지 않다면, 꺼내지 않아도 좋다. 이 책은 오로지 당신을 위한 책이라는 것을 명심했으면 한다. 만약 질문을 듣고 바로 떠오른 것이 있다면 적어보자. 그렇다면 그것을 두려워하는 이유는 무엇인가? 그 두려움을 느낀 기간이 얼마나 되는지, 앞으로는 어떻게 하고 싶은지 적어보자.

"두려움을 이겨내야 한다." 정말 어렵고 무책임한 말이다. 말처럼 쉬웠다면, 세상에 두려울 것이 뭐가 있을까. 씻고 싶어도 씻기지 않는 두려움도 존재한다는 것을 아마 알고 있을 것이다. 차마 적지 못하는 두려움은 나 또한 간직하고 있다. 그렇기에 조금은 알수 있다. 단순히 글 몇 문장으로 위로와 격려를 보내는 건 어렵다는 것을.

  두려움은 이겨내는 것이 아니다. 단순히 무뎌지는
것이다. 위로와 격려의 말은 아니니 오해하지 않았으
면 한다. 아마 인생에서 겪었던 두려움 중에, 이제는
무뎌진 두려움이 존재할 것이다. 지금 당신은 살아가
고 있다. 어쩌면 두려움과 함께 살아가고 있을지도 모
른다. 앞서 말했지만, 두려움을 당장 이겨낼 필요는
없다. 우선 내가 가진 두려움을 인지하는 것부터 시작
해 보자.

아직 극복하지 못한 트라우마는?

이 페이지는 당신의 개인적인 공간으로 사용했으면 좋겠다. 앞서 말했듯 글로 빈 공간을 채워도 되고, 원하지 않는다면 그냥 넘겨도 좋다. 이 질문에는 두 가지 내용을 담았다. 육체적인 트라우마와 정신적인 트라우마이다. 당신이 아직 극복하지 못한 트라우마는 무엇인가? 앞서 얘기한 두 가지 트라우마에 대해서 적어보도록 하자. 혹시 계속해서 떠오르는 나쁜 기억이 있는가? 잊고 싶지만, 쉽게 잊히지 않는 상처 같은 기억 말이다. 적지 않아도 된다. 떠올리고 싶지 않다면 지나가도 좋다.

트라우마와 관련해서 어떤 조언도 해줄 수 없다. 나도 많은 트라우마를 지나 현재에 도달해 있지만, 조언으로 해결될 문제가 아니라는 것을 알기 때문이다. 그렇기에 바라는 점만 이야기하려고 한다. 무너지지만 말자. 이겨냈으면 한다는 말은 부담을 짊어지게 할 것 같아 하지 않겠다. 무너지지만 않는다면, 상처는 아물어 흉터로 남게 될 것이다. 그러니 포기하겠다는, 그만하겠다는 생각만 하지 않았으면 한다. 당신은 나에게 굉장히 소중한 독자라는 것을 명심하자.

Q.
행복에 대한 나만의 정의가 있다면?

이 질문은 나에게 항상 던지는 질문 중 하나이다. 아직 답을 찾지 못한 어려운 질문이기도 하다. 행복이 무엇인지에 대한 대답은 할 수 있을 것 같지만, 내가 생각하는 나만의 행복은 찾지 못했다. 당신은 어떤 상황에서 행복을 느끼는가? 혹은 어떤 사람일 수도 있다. 행복이라는 단어가 어렵게 다가온다면, 다른 의미로 생각해 보자. 마음이 편안해지는 순간, 혹은 고민과 걱정이 사라지는 순간도 좋다. 그런 순간이 떠올랐다면, 날씨, 분위기, 장소, 시간 등 최대한 자세히 그 상황을 떠올려보자.

행복에 대한 정의를 단순한 문장으로 적지 않았으면 한다. 자세히 상황을 떠올려 보라는 이유는, 내가 행복을 느끼는 키워드를 찾기 위해서이다. 나의 행복 키워드는 높은 건물, 사람이 없는 공간, 선선한 날씨,

산책 등이 있다. 이런 식으로 나만의 행복 키워드를
적어보자. 앞으로 살아가면서 이 키워드는 계속해서
늘어날 것이다. 만약 힘들고 지치는 순간이 온다면,
여기 적힌 키워드를 행동으로 옮겨보자. 힘든 상황이
모두 치유된다고 할 수는 없지만, 앞으로 나아갈 최소
한의 힘을 얻게 될 것이다.

Q.
지금 행복한가요?

행복에 대한 당신만의 정의를 내렸다면, 이 질문에
대답해 보자. 당신은 지금 행복을 느끼고 있는가? 바
로 이 질문에 그렇다고 대답할 수 있다면, 진심으로
부러울 것 같다. 만약 아니라고 대답했다면, 그 이유
에 대해서 생각해 보자. 당신의 행복을 가로막고 있는
존재는 무엇인가? 앞서 행복에 대한 키워드를 적었다
면, 이번에는 반대의 키워드를 생각해 보자.

행복하지 않다고 답했다면, 당신은 현재 어떤 감정
을 느끼고 있는가? 우울함, 공허함 등 내가 현재 느끼
고 있는 감정에 대해서 적어보자. 그렇다면 그 감정은
어떤 상황에서 가장 많이 느껴지는가? 누구를 만났을
때, 혹은 어떤 장소를 갔을 때인지 생각해 보면 키워
드가 생겨날 것이다. 만약 그런 것 없다면, 오히려 이
유에 대해 더욱 고민해 볼 필요가 있다. 한순간이 아

니라, 항상 행복을 느끼지 못한다는 것이기 때문이다.

다른 질문은 아니더라도, 이 질문만큼은 가끔 자신에게 물어봤으면 한다. 행복하냐는 질문을 남에게 받는 것은 쉽지 않다. 내가 상대에게 물어보는 것도 이상하다. 그러니 나에게라도 물어보자. 예전에는 행복하지 않았지만, 지금은 행복한지. 행복을 느끼는 순간이 있는지. 행복을 주는 사람이 있는지 말이다.

Q.

내가 세상에 존재하는 이유는?

혹시 이 질문에 대해서 생각해 본 적이 있는가? 이상하게 들릴 수도 있지만, 나는 거의 매일 이 질문을 나에게 던진다. 당신이 세상에 존재하는 이유는 무엇이라고 생각하는가? 아주 사소한 것도 좋다. 예를 들어 나는 책을 만들기 전에는 죽을 수 없다. 한번 맡은 일은 끝을 봐야 하기에 아직 세상에 존재하고 있다. 더군다나 내일은 잔치국수 맛집을 가기로 했다. 그렇기에 난 존재해야 한다. 그 맛을 느끼지 못하면 후회할 것 같기 때문이다.

사실 존재해야 하는 이유를 찾자면 정말 많다. 단지 우리가 이 질문을 너무 어렵게 생각하고 있는 것뿐이다. 당신은 이 세상에 무조건 존재해야 한다. 펼친 책은 다 읽어야 하지 않겠는가? 내일도 맛있는 밥을 먹어야지 않겠는가? 거창하게 생각하지 말자. 이 질문을 작성한 나도 아직 확실한 정답을 찾지 못했다. 어쩌면 찾지 않은 걸지도 모르겠다. 세상에 존재해야 할 이유는 계속 찾아도 끝이 없다. 그러니 쓸모없다고, 필요 없다고 생각하지 말자. 이 책을 쓴 나도 당신을 필요로 한다. 소중한 한 명의 독자가 내게 얼마나 감사한 존재인지 당신은 모를 것이다. 그러니 계속해서 존재하자. 이유는 계속해서 생겨날 것이다.

Q.
최근 가장 중독된 것은 무엇인가요?

　이 질문에는 중독된 음식, 취미, 노래 등 다양한 답변이 나올 수 있을 거로 생각한다. 여러 가지 분야에 대해 생각해 보고, 내가 중독된 것을 모두 적어보자. 추가로 적은 것들을 긍정적인 중독과 부정적인 중독으로 나누면 좋을 것 같다. 예를 들어 나에게 산책 중독과 밀가루 중독이 있는 것처럼 말이다. 산책은 생각 정리와 건강을 가져다 주기에 긍정적인 중독이다. 반대로 밀가루 중독은 맛은 있지만 피부와 장에 좋지 않기에 부정적인 중독이라고 할 수 있다.

　다 적었다면, 지금까지 적은 중독의 순위를 매겨보자. 가장 끊기 어려운 것은 무엇인가? 끊기 어려운 이유 또한 적어보도록 하자. 앞서 얘기했지만, 밀가루는 나에게 있어 끊지 못하는 존재 중 하나이다. 그 이유는 단순하다. 웬만한 음식에 다 들어가 있어, 끊게 되면 먹을 음식이 거의 존재하지 않기 때문이다.

　나는 중독되는 것이 나쁘다고 생각하지 않는다. 단
절제할 줄은 알아야 한다. 무엇에 깊게 빠져드는 순간
은 많이 찾아오지 않는다. 그 순간을 즐기는 것은 좋
지만, 과하다고 생각된다면 멀리할 줄도 알아야 한다.

Q.
내 인생의 유일한 낙은 무엇인가요?

혹시 이 질문에 대한 대답이, 앞서 나온 중독에 대한 대답과 겹치는가? 아마 그럴 확률이 높을 것이다. 인생의 낙일수록 끊지 못할 확률이 높기 때문이다. 그래서 이번에는 인생의 낙을 문장으로 표현해 볼 것이다. 언제, 어디서, 무엇을 하는 것이 인생의 낙인지 적어보자. 예를 들어 '늦은 저녁에 바다가 보이는 벤치에 앉아, 이어폰을 꽂고 노래를 듣는 것'처럼 말이다. 어떤 시간대와 장소를 가장 좋아하는지, 그 장소에서 무엇을 하는 것이 인생의 낙인지 떠올려보도록 하자.

그렇다면 당신은 그 행동을 얼마나 자주 하는가? 인생의 낙이라는 선물을 나에게 자주 주는 편인가? 가장 마지막으로 그 행동을 한 적은 언제인지 떠올려보자. 나는 책을 쓰고 있는 지금을 기준으로 하루 전에 인생의 낙을 맛보고 왔다. 내 인생의 낙은 앞서 예시로 든 '바다에서 노래 듣기'이다. 사실 하루 전 뿐만 아니라 자주 바다를 보러 간다. 심적으로 지친 나에게 이 정도의 선물은 줘야 한다고 생각하기 때문이다. 만약 최근에 몸과 마음이 축 처지는 느낌이 들었다면, 인생의 낙을 행동으로 옮겨보는 것은 어떨까?

Q.

무언가를 선택해야 하는 순간이 오면
어떤 식으로 결정을 내리나요?

아마 지금까지 정말 많은 선택을 했을 것이다. 사소한 선택과 중요한 선택, 우리는 이 두 가지에 관해 이야기해 볼 것이다. 먼저 사소한 선택을 해야 하는 상황이 생기면 어떻게 결정하는가? 짜장, 짬뽕 중 무엇을 먹을지 고를 때처럼 말이다. 나는 정말 단순한 방법을 사용한다. 바로 동전 던지기다. 사소한 선택으로 스트레스를 받기 싫어 인터넷에서 YES or NO 동전을 구매했다. 실제로 매일 들고 다니며 선택의 순간마다 사용하고 있다.

그렇다면 중요한 선택을 하는 순간에는 어떻게 결정하는가? 누군가에게 조언을 구할 수도, 직접 찾아볼 수도 있을 것 같다. 최근에 중요한 선택을 한 적이 있는가? 그때는 어떤 식으로 결정했는지 떠올려보자. 결정하는 것을 어려워하는 편인지 생각해 보는 것도 좋다. 만약 결정하는 것이 어렵다면, 내가 사용 중인 방법을 써보는 것도 추천한다. 운에 의존하는 것처럼 보일 수 있지만, 그렇지 않다. 한번 동전을 던져 결과를 보고 나면, 내가 진정으로 원하는 것이 무엇인지 알 수 있을 것이다. 동전의 결정이 마음에 들지 않는다면, 분명 다시 던질 것이기 때문이다.

Q.
꼭 지키는 나만의 규칙이 있다면?

규칙은 다양한 분야에 존재한다. 규칙은 대화를 나눌 때 나만의 대화법이 될 수도 있고, 수면 패턴이나 생활 패턴이 될 수도 있다. 물론 규칙을 정했다고 해서 무조건 지키는 것은 아니다. 매일 규칙적인 삶을 사는 것은 굉장히 대단하고 어려운 일이기 때문이다. 불규칙한 삶 또한 가끔 존재해야 삶을 살아가는 느낌이 들기에, 규칙을 지키지 않는 순간이 생기는 것이다. 본론으로 돌아와 보자. 내가 가지고 있는 나만의 규칙은 무엇인가? 잘 생각이 나지 않는다면, 현재 지키고 있는 사소한 규칙부터 파고 들어가 보자.

내가 지키고 있는 사소한 규칙은 운동이다. 수면 패턴과 식사 모두 부정확한 나에게 운동은 필수 요소이기 때문이다. 이런 성격 때문인지, 어떤 일을 하든 체력은 기본이라는 철칙이 생기기도 했다. 이처럼 규칙은 나를 표현하는 장치가 되기도 하다. 나의 가치관과 성격을 섞어 나만의 규칙을 만드는 것. 단순히 운동패턴, 수면 패턴과 같은 단어 앞에 '나만의'를 붙이는 것이다. 앞서 말했듯 규칙을 꼭 지킬 필요는 없다. 나만의 규칙이기에 지키지 않아도 뭐라 하는 사람은 없다. 그렇다고 규칙을 만들지 말아야 하는 것은 아니다. 규칙을 만드는 것은, 책장에 책을 꽂아 놓는 것과 같다. 작성한 규칙이 문득 눈에 보인다면 책처럼 펼쳐보게 될 것이기 때문이다.

Q.

실수에 대처하는 본인만의 방법은?

삶에는 많은 실수가 존재한다. 실수는 과정일 뿐이기에 이겨낼 수 있다면 좋은 경험으로 축적된다. 그렇다면 당신은 실수했을 때 어떻게 그 상황을 이겨내는가? 실수를 외면하거나 남에게 떠넘긴 적은 없는가? 실수에 대처하는 법을 알아보기 전에, 내가 실수한 순간을 먼저 떠올려보자. 살면서 저지른 가장 큰 실수는 무엇인가? 그 실수를 통해 깨달은 것은 무엇이고, 그 실수와 똑같은 실수를 반복한 적이 있는지 생각해 보자. 그 상황에서 내가 어떻게 대처했는지를 떠올려 본다면, 위의 질문에 대답하기 수월할 것이다.

나의 실수 대처법은 굉장히 간단하다. 실수는 기억하지 못해서 일어나는 경우가 다반사이기에 실수하게 된다면 무조건 적어놓는다. 어떤 실수를 했고, 어떤 방법을 쓰면 해결이 가능한지 말이다. 추가로 실수

를 두려워하지 않으려고 노력한다. 실수하지 않는 사
람은 없다. 똑같은 실수를 반복하지 않는 사람이 있을
뿐이다. 앞서 얘기한 규칙처럼 자기만의 실수 대처법
을 만들어 놓는다면, 똑같은 실수를 반복하는 일은 생
기지 않을 것이다.

Q.

내게 가장 잘해줬던 사람에게
하고 싶은 말은 무엇인가요?

당신의 인생에서 지금까지도 고마움이 사라지지 않는 사람이 있는가? 그 사람은 당신에게 어떤 도움을 주었는가? 가장 기억에 남는 순간이 있는지 떠올려보자. 그 사람과 현재는 어떤 사이인가? 지금도 가까운 사이로 남아있는가? 그렇다면 그 사람에게 어떤 말을 해주고 싶은가? 고맙다는 말이 아니어도 좋다. 당신만의 말투로 지금 해주고 싶은 이야기를 적으면 된다.

내게 가장 잘해줬던 사람은 항상 부모님이었다. 어머니는 불안함을 견딜 수 있는 안정감을 주셨고, 아버지는 무엇이든 해낼 수 있는 용기를 주셨다. "더욱 멋진 아들이 되도록 노력하겠습니다". 이 말을 책의 한 페이지를 빌려 얘기할 줄은 상상도 못 했다. 어쩌면 직접 얘기하기에 부끄러워 책의 힘을 빌리는 것일지도 모르겠다. 당신이 하고 싶은 말은 그 사람에게 전해졌는가? 아직 전하지 않았다면 이 책을 기회 삼아 마음을 전해보는 것은 어떨까?

Q.
지금 꼭 듣고 싶은 한마디가 있다면?

"잘하고 있어"라는 말이 정말 듣고 싶다. 지금의 나는 혼자서 너무 많은 일들을 처리하려고 하는 것 같다. 내가 가고 있는 길이 잘못되지 않았다는 걸 응원해 줄 수 있는 말이라면 뭐든 좋을 것 같다. 솔직히 이 질문을 제작할 때 '한마디'라는 단어를 넣을지 말지 고민을 많이 했다. 듣고 싶은 말이 너무나 많았기 때문이다. 질문을 작성할 당시에 나는 정말 자그마한 응원도 격려도 필요했던 것 같다.

사람들 또한 응원의 한마디가 필요하다. 단순히 말일 뿐이지만, 그 한마디가 가지고 있는 힘은 무시할수 없다. 당신이 지금 듣고 싶은 한마디는 무엇인가? 혹은 최근에 나에게 듣고 싶은 말을 건넨 사람이 있는가? 다른 사람이 나에게 어떤 말을 했는지, 그 이야기가 나에게 도움이 되었는지 생각해 보자. 더 나아가서, 나는 나에게 무슨 말을 해주고 싶은지도 생각해 보면 좋다. 남에게는 응원의 한마디를 선뜻 건네지만, 나에게는 힘내라는 쉬운 말조차 해주지 못했을 수도 있기 때문이다.

가장 말하기 어려운 단어가 있다면?

살다 보면 머리로는 말해야 한다는 걸 아는데, 입 밖으로는 도저히 나오지 않는 말이 있다. 나에게는 '도와줘'라는 말이 그에 해당한다. 뭐든 혼자 해결하려고 하는 버릇이 있어서 남에게 피해를 주지 않았으면 하고, 빚을 만드는 행위는 더욱 싫어한다. 장난식으로 도와달라는 말을 한 적은 있어도, 진심으로 도움을 구한 적은 없는 것 같다. 그러다 보니 힘들다는 말도, 지친다는 말도 함부로 꺼내지 못하게 됐다. 말하기 어려운 단어만 계속해서 늘어난 것이다.

당신이 가장 말하기 어려워하는 단어는 무엇인가? 잘 모르겠다면, 가장 쉽게 입 밖으로 나오는 말부터 생각해 보자. 말하기 어려운 단어는 그 말들 사이에 숨어 있을 것이기 때문이다. 단어에 대해 생각이 났다면, 왜 그 단어를 말하기 어려워 하는가? 그 단어를

뱉은 적이 있다면, 그때는 어떤 상황이었는지도 적어
보자. 내가 두려워하는 것은 무엇인지, 그 말을 앞으
로도 꺼내고 싶지 않은지 생각해 보자.

Q.

유독 외로운 순간은 언제인가요?

세상에 혼자인 것 같은 느낌을 받은 적이 있는가? 단순히 연애를 하고 싶은 느낌이 아닌, 마음이 공허한 느낌 말이다. 나는 최근에 그런 느낌을 많이 받고 있다. 우연히 좋은 기회를 얻어 과분한 행복을 받고 있어서 그런 것일까. 혼자 다른 길로 걸어가는, 역주행하는 기분을 느끼고 있다. 그로 인해 굉장히 불안하다. 잘되고 있다는 주변의 응원이 나를 더 초조하게 만든다. 그렇게 외로움이 몰려온다. 이런 고민을 털어놓을 사람이 없다는 공허함과 불안함이 함께 찾아온 것이다.

마음속 이야기를 털어놓을 사람이 있는가? 이 질문은 앞에서 얘기한 '마음속에 담아둔 말'과 이어지는 질문이기도 하다. 나의 외로움은 어떻게 만들어진다고 생각하는가? 곁에 내 편이 없는 것 같은 외로움인지, 세상에 홀로 남아 생각의 굴레에 빠져 있는 것 같은 외로움인지 생각해 보자. 만약 최근에 외로움을 느낀 적이 있다면, 언제 어떤 상황이었는지 또한 회상해 보면 좋다. 외로움을 극복하라고 이야기하지 않는다. 극복이라는 단어가 갖은 어려움을 잘 알고 있기 때문이다. 그저 나는 당신이 현재 상황과 내 상태를 더욱 현실적으로 인지하기를 바랄 뿐이다.

Q.

마지막으로 울었던 날은 언제인가요?

　나의 상태를 어느 정도 인지했다면, 슬픔을 쏟아낸 순간을 떠올려보자. '마지막으로 울었던 날'이라고 기재되어 있지만, '슬픔을 외부로 표출한 날'이라고 변화시켜 생각해 보는 것 또한 좋다. 힘들고 슬프다는 말을 남에게 한 적이 있는가? 나 같은 경우 근 2년 동안은 슬픈 감정을 표출한 적이 없는 것 같다. 이제는 그런 상황이 없어진 건지, 참았던 건지 구분조차 되지 않는다. 위로를 해준 기억은 많은데, 받은 기억은 떠오르지 않는다. 나에게 위로를 받은 적조차 말이다.

　우는 것에 대한 당신의 인식은 어떠한가? 눈물을 흘리는 것이 필요하다고 생각하는가? 마지막으로 울었던 날을 떠올렸다면, 최근 울고 싶었던 순간을 떠올려보자. 아무도 보지 않았다면, 확 울어버렸을 것만 같은 순간이 있었을 것이라 감히 예상해 본다. 울고 싶으면 울어도 된다고 얘기하진 않겠다. 울고 싶다고 바로 울수 있는 것도 아니고, 울음으로 해결되지 않는 문제일수도 있기 때문이다. 그래도 마음속 응어리를 풀 수 있는 수단 하나쯤은 만들어 두는 것을 추천한다. 앞서 얘기했던 '인생의 낙'을 가져와도 좋다. 슬픔을 잠재울수 있는 나만의 휴식처에 대해 생각해보자.

가장 많이 웃은 날은 언제인가요?

　당신이 미소를 띠는 순간은 언제인가? 단순히 입꼬리만 올라가는 웃음이 아닌, 고민 걱정을 잠시 잊을 정도의 큰 웃음 말이다. 그 웃음을 가져다주는 주체는 무엇인가. 사람일 수도, 상황일 수도 있다. 사람이 떠올랐다면, 그 사람을 만나 마음이 편해졌던 순간을 떠올려보자. 상황이 생각났다면, 어떤 상황에서 편히 웃을 수 있었는지 회상해 보자. 특정한 날이 생각나지 않아도 좋다. 어떤 사람을 만났을 때 가장 많이 웃는지, 어떤 상황에서 마음이 편한지 안 것만으로도 충분하다.

　사실 나는 위 질문들에 대한 답을 하지 못했다. 가장 근본적인 질문인 '편히 웃어본 적이 있는가?'에서 막혔기 때문이다. 나에게 웃음은 행복이다. 맘 편히 웃을 수 있다는 것은 일말의 불안 없이 행복을 만끽

할 수 있다는 뜻이다. 편히 웃어보지 못한 것은 항상 불안이 함께했기 때문이 아닐까 싶다. 일주일 만에 인스타 팔로워 5만을 찍었을 때도, 나의 영상이 500만 조회수를 기록했을 때도 불안했다. 내리막길 뒤에 다시 오르막이 있다는 것과, 운 좋은 성공 사이에 시기, 질투가 담겨있다는 것을 알고 있었기 때문이다. 어쩌면 편히 웃는 날이 찾아올 거라 믿고 있었던 것일지도 모르겠다.

당신은 이 질문에 대한 답변을 꼭 작성했으면 한다. 웃음을 잃지 않았으면 하고, 행복과 함께했으면 한다. 불안이라는 불청객이 찾아오더라도, 여유롭게 대처할 수 있을 거라 믿는다.

Q.

내 인생에서 가장 버리기
어려운 것은 무엇인가요?

앞서 언급됐던 내용이지만, 내 인생에서 버리지 못하는 것은 불안이다. 불안과 함께 살아가겠다고 마음을 먹은 것이나 다름없다. 당신에게 버리기 어려운 것을 묻기 전에 다른 질문을 던지고 싶다. 당신이 버릴수 있는 것은 무엇인가? 충분히 버릴 수 있음에도 버리지 않는 것 말이다. 그것은 미련일 수도, 후회일 수도 있다. 혹은 물건일 수도 있고, 사람일 수도 있다. 무엇이든 좋다. 그렇다면 왜 버릴 수 없는가? 그것을 버리지 못하게 막고 있는 장애물은 무엇인가?

머리가 복잡해졌다면, 다시 본론으로 돌아와 보자. 가장 버리기 어려운 것은 무엇인가? 그것이 앞서 얘기한 버릴 수 있는 것에 포함되는가? 그럼, 그것을 버리고 싶은 마음이 있는지 생각해 보자. 지금 당장 그것을 버렸으면 한다는 뻔한 이야기는 하지 않을 것이다. 나는 그저 질문하는 사람이다. 자신에 대해 의문을 가질 수 있는 당신이라면, 쉽게 실천으로 옮길 수 있을 것이라 믿는다. 그러니 적어놓자. 그리고 기억하자. 버리지 못하는 그것을 버리는 순간이 빠른 시일 내에 찾아올 것이라 다짐하자.

Q.

내가 가장 쉽게 버릴 수 있는 것은?

그렇다면 반대로 당신이 가장 쉽게 버릴 수 있는 것은 무엇인가? 먼저 얘기하자면, 나는 미련을 쉽게 버릴 수 있다. 애초에 미련이 많은 편도 아니지만, 어떤 일에 있어 쉽게 포기하는 성격을 가진 것 같다. 이렇게 얘기하면 단점으로 들릴 수도 있겠지만, 나는 이 성격을 긍정적으로 느끼고 있다. 미련을 쉽게 버리다 보니, 안 되는 일에 대한 수긍이 빠르다. 더군다나 미련이 없으니, 욕심도 줄어들게 된다. 그렇다면 이제 당신이 생각해 볼 차례이다. 위 질문을 듣자마자 떠오른 대답을 적어보자.

다 적었다면, 그것을 쉽게 버릴 수 있는 이유에 대해서 생각해 보자. 내가 미련을 쉽게 버릴 수 있는 이유는 마음의 여유로움 때문이다. 안되면 다시 도전하면 된다는 마인드 덕에 미련을 쉽게 버릴 수 있다. 이

유에 대해서 생각했다면, 그것을 버림으로 인해서 무
엇을 얻고, 무엇을 잃는지 생각해 보자. 미련을 버림
으로써 여유를 얻고, 끈기를 잃는 나처럼 말이다.

지금 내 기분을 그림으로 그린다면
어떤 그림을 그릴 것 같나요?

이 페이지를 펼친 지금, 당신의 기분은 어떠한가? 지금까지 글을 적었다면, 이번에는 그림으로 표현해 보자. 생각나는 물건을 그려도 좋고, 나의 표정을 그려도 좋다. 잘 그릴 필요 없다. 지금의 기분을 직관적으로 표현한다고 생각하자. 색깔을 사용해 보는 것도 좋다. 만약 색칠할 수 있는 펜이 없다면, 현재 내 기분에 맞는 색은 무엇인지 글로 적어보도록 하자.

어떤 그림을 그렸을지 모르겠지만, 왜 그런 그림을 그리게 됐는지 이유를 적어보자. 사물을 그렸다면, 그 사물과 어떤 연관이 있는지, 표정을 그렸다면 왜 그런 표정을 그렸는지 질문해 보는 것이다. 평소에 그림을 자주 그리는가? 나는 컴퓨터로 그림을 자주 그리는 편이다. 그림은 글과 다르게 눈에 직관적으로 들어온다고 생각한다. 그래서인지 나는 일기를 그림으로

그려보는 것을 선호한다. 추천하는 것은 아니다. 나에
대한 기록을 글뿐만 아니라 그림으로도 할 수 있다는
사실을 알았으면 할 뿐이다.

내 인생에 배경음악이 깔린다면
무슨 음악으로 하고 싶나요?

이번에는 음악이다. 앞서 얘기한 나의 기분과 평소의 일상을 떠올려보자. 어떤 음악이 어울릴 것 같은가? 바로 떠오른 음악이 있다면 적어보자. 만약 생각이 나지 않는다면, 핸드폰을 꺼내 음악 재생목록을 찾아보는 것도 좋다. 나는 정승환의 '보통의 하루'라는 곡을 선택했다. 곡을 선택했다면, 지금 노래를 틀어보자. 가사는 어떤 내용인지, 노래를 듣고 어떤 생각이 나는지 적어보도록 하자.

왜 그 노래를 배경음악으로 선정했는가? 이유가 없을 수도 있다. 그저 노래의 분위기가 마음에 들었다면, 그렇게 적어도 된다. 그렇다면 가장 마음에 든 가사는 무엇인가? 그 가사가 마음에 든 이유 또한 생각해 보자. 가사와 관련된 나의 사연을 적어놓는 것도 좋다. 가사 속 주인공이 나와 닮았는지, 아니면 내가

되고 싶은 모습인지. 평소에도 그 노래를 자주 듣는
지, 노래를 들으면 어떤 감정이 올라오는지 계속해서
질문해 보자.

Q.

감명 깊게 읽은 책 한 권을 뽑자면?

질문을 듣자마자 머릿속에 떠오른 책 한 권이 있는 가? 책의 내용을 한 문장으로 요약해서 적어보자. 그 책은 왜 읽게 되었는가? 우연히 봤을 수도, 무언가를 공부하기 위해 직접 골랐을 수도 있다. 그렇다면 그 책이 유독 기억에 남는 이유는 무엇인가? 어떤 가르 침과 교훈을 나에게 선사하였는가? 잘 기억나지 않는 다면, 그 책을 다시 한번 꺼내 보는 것도 좋다. 뇌리에 박힌 문장 혹은 단어는 무엇인지 책을 펼쳐 찾아보자.

내 머릿속에 가장 먼저 떠오른 책은 메트 헤이그의 '미드나잇 라이브러리'이다. 책을 한 문장으로 표현 하자면, 나는 이렇게 표현할 것 같다. "다른 삶을 살아 본다면, 나는 과연 행복할까?". 후회와 새로운 기회에 대한 내용을 담고 있다 보니, 질문이 많은 나에게 어 울리는 책이었다. 감명 깊게 읽은 책에 대해 다 적었다면, 그 책을 한 번 더 읽어보는 건 어떨까? 시간이 지나 달라진 시선으로 책을 다시 펼쳐본다면, 그땐 보지 못했던 내용을 찾게 될 수 있을지도 모른다.

머릿속에서 지워지지 않는 명언이 있나요?

앞서 책과 관련된 이야기를 했다면, 이번에는 명언이다. 그냥 명언을 떠올리기보다는, 나의 가치관과 잘 맞는 명언을 떠올려보자. 세상에 명언은 정말 많아서, 의견이 정반대인 명언 또한 존재한다. 그렇기에 명언은 받아들이는 사람의 영향을 받는다. 나의 가치관을 품고 있는 명언일수록 기억에 오래 남을 수밖에 없다. 잘 떠오르지 않는다면, 나에게 깨달음을 줬던 명언을 생각해 보는 것도 좋다. 명언으로 인해 생활 패턴이 바뀌었던 경험, 혹은 새로운 습관이 생겼던 경험이 있다면 적어보자.

"너는 무슨 일을 하든 여유로움이 느껴져, 여유로움이 큰 무기인 것 같아". 나는 이 말을 술자리에서 친구에게 들었다. 그 뒤로 나는 "여유로움이 큰 무기이다."라는 명언을 만들어 마음속에 간직하고 있다. 그렇다. 직접 만든 명언이어도 상관없다. 명언을 지금 만들고 싶다면, 하나 만드는 것도 좋다. 나를 대표하는 명언 하나쯤은 마음속에 남겨두도록 하자.

Q.
내가 좋아하는 영화 장르는?

평소에 영화를 자주 보는 편인가? 질문에서는 좋아하는 영화 장르에 관해 이야기하고 있지만, 우선 재밌게 봤던 영화들을 나열해 보자. 어느 정도 적었다면, 영화 제목 옆에 그 영화의 장르를 적어보자. 어떤 장르가 가장 많은가? 장르가 각양각색이라면, 내가 좋아하는 영화의 새로운 기준을 세워보자.

영화는 장르를 통해 구분할 수도 있지만, 분위기, 편집 스타일, 주제 등 많은 기준을 통해 나눌 수도 있다. 당신은 어떤 분위기의 영화를 좋아하는가? 웃음을 선사하는 웃긴 내용? 아니면 가슴이 먹먹해지는 슬픈 내용? 그렇다면 어떤 주제의 영화가 기억에 오래 남는가? 역사를 다룬 영화? 혹은 미래를 다룬 영화? 내가 적은 영화들을 보며 계속해서 질문해 보자. 적은 영화 중에 다시 보고 싶은 영화가 있다면, 책을 덮고 영화를 다시 보고 오는 것도 좋다. 예전과는 달라진 시선으로 영화를 다시 본다면, 전에는 느끼지 못했던 새로운 감정을 느낄 수 있을 것이다.

Q.
나에게 딱 1시간만 주어진다면
무엇을 할 건가요?

이 질문에 '죽기 전'이라는 단어는 들어가 있지 않다. 그렇지만 사람들은 대부분 마지막 1시간이라고 생각하고 답변을 작성했다. 생각하는 것은 자유이기에 상관은 없지만, 지금 당장 1시간이 주어진다면 무엇을 할 것 같은지 생각해 보자. 당신이 1시간 안에 할 수 있는 것은 무엇인가? 평소처럼 지내다 보면 1시간은 금방 지나갈 것이다. 그렇지만 이 질문을 통해 주어진 1시간은 조금 특별했으면 한다.

1시간을 분 단위로 나눠보자. 1시간짜리 일정표를 만드는 것이다. 예를 들어서 나는 '20분 운동, 10분 휴식, 30분 책 쓰기'로 일정을 짰다. 이처럼 1시간을 최대한 알차게 보내도록 시간을 분배해 보자. 다 적었는가? 그렇다면 다음 페이지로 넘어가기 전에 1시간 동안 정해 놓은 일정을 수행해 보자. 내키지 않는다면

하지 않아도 된다. 그렇지만 나는 당신이 할 거라고
믿는다. 이보다 더 큰 것들도 해낼 수 있는 사람인데,
1시간이 무슨 대수일까.

Q.

내 머릿속에 존재하는 잡생각들 중에
가장 쓸모없는 잡생각은 무엇인가요?

이 질문을 보자마자 떠오른 생각을 적어보자. 연관성 없는 생각이어도 좋고, 개인적인 고민이어도 좋다. 사실 이 질문에는 오류가 하나 존재한다. 가장 쓸모없는 잡생각은 잘 떠오르지 않는다는 것이다. 그럼에도 질문을 이렇게 던진 이유는, 생각을 정리하길 바랐기 때문이다. 가장 쓸모없는 생각을 떠올리다 보면, 자연스레 "이 생각은 이제 그만해야 하는데" 하는 고민이 하나 생각날 것이다. 그렇다. 이 질문은 쓸모없는 생각에 대해서가 아닌, 이제는 그만 생각했으면 하는 잡생각에 관해서 묻고 있는 것이다.

처음에 떠오른 생각은 무엇인가? 정말 쓸모없는 생각인가? 아니면 자주 생각나는 고민거리인가. 만약 후자라면, 왜 내가 그 생각을 머릿속에서 지우지 못하는지 찾아보자. 찾는 법은 간단하다. 그 고민거리는 지금 당장 해결이 가능한가? 가능하다면, 바로 행동으로 옮겨 해결해 보자. 만약 지금 해결이 불가능하다면, 그 문제를 해결하기 위해 지금 내가 할 수 있는 일은 무엇인지 생각해 보자.

예를 들어 건강에 대한 고민이라면, 지금 당장 운동하러 가거나, 잠을 자는 것이 방법이 될 수 있다. 생각을 지우는 것은 불가능하지만, 행동으로 옮기는 것은 가능하다. 생각은 생각을 낳고 행동은 행동을 낳는다. 고민을 행동으로 바꾸듯 잡생각을 실천으로 바꾼다면 생각이 한결 정리될 것이다.

Q.

잠이 오지 않을 땐 어떻게 하나요?

생각이 많아 잠을 설친 적이 있는가? 요새 나는 매일 잠을 설치고 있다. 생각, 고민, 걱정들이 머릿속에서 춤을 춰서, 편히 잠을 잘 수가 없다. 잠이 오지 않을 때, 나는 눈을 감고 누워있는다. 사실 별다른 방법이 없어서, 잠이 오길 기도하는 것뿐이다. 당신은 잠이 오지 않을 때 어떻게 하는가? 마지막으로 잠을 설친 건 언제인지, 그때 나는 무엇을 하다 잠에 들었는지 적어보도록 하자.

평소에 잠을 잘 자는 편인가? 아침에 일어났을 때는 개운한가? 나의 수면 패턴에 대해 자세히 적어보도록 하자. 평균적으로 취침 시간은 어떻게 되고, 기상 시간은 어떻게 되는지. 어릴 적 했던 하루 일과표를 그려보는 것이다. 다 적었다면 생각해 보자. 나는 내 수면 패턴에 만족하고 있는가? 아니라면 어떻게 바꾸고 싶은가? 깊은 수면을 위해서 내가 버려야 할 것은 무엇인가? 만약 이 질문에 대한 답변을 오늘 당장 실천으로 옮길 수 있다면 바로 행동으로 옮겨보자.

Q.

밤을 새우고 싶은 날이 생기면
무엇을 하며 밤을 새우나요?

혹시 최근에 밤을 새운 적이 있는가? 그때는 무엇을 하며 밤을 새웠는가? 평소에 밤을 많이 새는 편이라면, 왜 그런지 이유를 생각해 보자. 나는 밤을 새우지는 않지만, 새벽을 좋아하는 편이다. 새벽에 글을 쓰면 훨씬 잘 써지고, 새벽에 놀면 뭔가 더욱 재밌기 때문이다. 당신에게 새벽은 어떤 존재인가? 감수성을 풍부하게 만들어주는 존재? 아니면 꿈나라에 있어 마주치지 못하는 존재? 무엇이든 좋다. 질문에 대해 답하며, 마지막으로 느꼈던 새벽을 떠올려보자.

혹시 새벽에 글을 써본 적이 있는가? 없다면 한번 써보는 것을 추천한다. 나만 그럴 수도 있지만, 생각지도 못한 아이디어가 다양한 모습으로 나타난다. 질문하는 나에게는 깊이 생각할 기회를 주는 감사한 시간이기도 하다. 그 시간을 한번 느껴봤으면 한다. 굳이 글을 적으라는 이유는 그 감정이 오래 지속되지 않고, 찾아오지 않을 수도 있기 때문이다. 그러니 글을 써서 그때의 감정을 저장해보자. 남에게 보여주기는 부끄러울지 몰라도, 나에게는 뜻깊은 문장이 탄생할 것이다.

Q.

가장 최근에 꾼 꿈은 무엇인가요?

평소에 꿈을 자주 꾸는 편인가? 꿈의 주제는 대부분 어떠하며, 누가 자주 출연하는가? 가장 최근에 꾼 꿈에도 그 사람이 출연하였는가? 만약 최근에 꾼 꿈이 기억나지 않는다면, 기억에 남아있는 꿈을 적어보자. 꿈속에서 했던 행동이나 대화를 떠올려보는 것도 좋다. 다시 그 꿈을 꾸고 싶은 마음이 있는지, 다시는 꾸고 싶지 않은 꿈인지도 생각해 보자.

반대로 악몽에 대해서도 적어 보면 좋을 것 같다. 당신은 악몽을 꾼 적이 있는가? 어떤 내용의 악몽이었는가? 악몽에 대해서 기억이 나지 않는다면, 꾸고 싶지 않은 꿈에 대해서 적어보자. 꿈에 나오지 않았으면 하는 것이 있는가? 나는 꿈에 과거 추억이 나오는 것을 싫어한다. 꿈에서 깨고 나면 생기는 허탈한 감정이 나를 힘들게 하기 때문이다.

그런 내 마음을 알아서일까. 나는 특별한 꿈을 자주 꾼다. 설산이 무너지는 꿈, 유명인과 밥을 먹는 꿈, 심지어 예지몽도 가끔 꾼다. 질문하는 상상력이 꿈에도 발현된 것처럼 느껴질 정도이다. 꿈을 꾸는 것은 허탈하기도 하지만 재밌다. 일상에 소소한 이야기를 더해주기 때문이다. 혹시 꿈을 기록해 본 적이 있는가? 없다면 한 번쯤은 시도해 봤으면 한다. 생각보다 꿈에는 많은 아이디어가 담겨있다. 그만큼 빠르게 잊히기에 기록해 놓는다면, 분명 나중에 쓸 일이 생길 것이다.

Q.

누군가의 꿈을 제작할 수 있다면
무슨 꿈을 만들어주고 싶나요?

잠이 오지 않는 어느 날 밤, 문득 이런 생각이 들었다. "내가 꿈을 만들 수 있는 꿈 제작자라면 어떨까?". <인셉션>이라는 영화에서도 사용된 주제인데, 사람들의 의견을 듣고 싶어 질문으로 만들게 되었다. 우선 꿈을 만들기 전에 대상을 한 명 정하고 가면 좋을 것 같다. 현재 나에 대해 이야기하고 있으니. 나의 꿈을 만든다고 생각해 보자. 꿈속 장소는 어디였으면 좋겠는가? 평소에 가보고 싶었던 공간, 갑자기 생각난 공간, 뭐든 환영이다. 어떤 사람이 출연했으면 좋겠고, 무슨 상황이 생겼으면 좋겠는지도 세세하게 적어보도록 하자.

그렇다면 이제 또 다른 질문을 할 차례이다. 왜 그런 꿈을 꾸고 싶은가? 당신이 적은 그 꿈에는 어떤 것

이 담겨있는가? 바램? 추억? 혹은 잊지 못한 기억일
수도 있다. 그렇다면 그 꿈을 통해 무엇을 얻고 싶은
가? 만나고 싶은 사람이 있는가? 아니면 가보고 싶은
장소가 있는가? 왜 현실에서는 만나지 못하고, 갈 수
없는지도 적어보자. 당신이 현재 꾸고 싶은 꿈이, 미
래에 이루고 싶은 꿈은 아닐지 고민해 보자.

Q.

오늘 밤하늘에 별똥별이 떨어진다면
무슨 소원을 빌고 싶나요?

별똥별에 소원을 빌면 이뤄진다는 말을 한 번쯤은 들어봤을 것이다. 어렸을 적에는 그런 순수한 말들에 참 깊게 빠져들곤 했다. 만약 지금 하늘에 별똥별이 떨어진다면, 당신은 무슨 소원을 빌고 싶은가? 어려운 일이겠지만, 순수함을 한 꼬집 추가해서 적어보자. 어떤 소원을 적었는가? 직접 확인해 볼 수는 없지만, 분명 엄청난 소원을 적었을 거로 생각한다. 그렇다면 그 소원이 이뤄졌으면 하는 이유는 무엇인가? 지금 적은 소원으로 인해서 최종적으로 이루고 싶은 것은 무엇인지 생각해 보자.

나는 별똥별에 좋은 인연을 달라고 얘기할 것 같다. 세상에서 사람만큼 소중한 선물은 없다고 생각하기 때문이다. 어쩌면 최근에 공허함을 많이 느껴서 이런 소원이 떠오른 걸지도 모르겠다. 바램은 부족함을 볼 수 있도록 만든다. 소원 또한 마찬가지이다. 당신의 마음속 빈 공간을 어떤 것으로 채울지 묻는 것이, 소원을 비는 것과 다를 바 없는 것이다. 그러니 원하는 소원이 생긴다면, 그때마다 적어두도록 하자. 되도록이면 사소한 것들까지 적었으면 한다. 과거의 나는 어떤 것을 원했는지, 지금은 그것을 어느 정도로 원하는지 파악할 수 있는 수단을 만들어 놓자.

Q.

게임 속 세상에 들어가게 된다면
무슨 직업을 가지고 싶나요?

웹툰이나 소설에서 많이 다뤄지는 주제 중 하나인, 가상현실에 대해 알고 있을 것이다. 현실과 유사한 가상의 공간에 들어가는 웹툰을 볼 때면 항상 이 질문을 던지곤 했다. 당신은 어떤 직업을 가지고 싶은가? 직업이라는 단어가 생소하다면, 가상현실 안에서 하고 싶은 것은 무엇인지 적어보도록 하자. 최대한 상상력을 동원해 보는 것이다. 현실에서는 하지 못하지만, 가상현실에서는 할 수 있을 것 같은 일에 대해 생각해 보자.

아무리 먹어도 살이 찌지 않기에, 음식을 다양하게 먹어볼 수도 있다. 현실에서는 볼 수 없는 풍경을 보기 위해 여행을 떠날 수도 있을 것이다. 하늘도 날 수 있을 것이고, 검술도 배워볼 수 있을 것이다. 하고 싶은 것이 너무나 많아서일까, 나는 가상현실이 나오기를 간절히 기도하는 중이다. 어쩌면 현실에서 잠시 멀어지고 싶은 것일지도 모르겠다. 가상현실이 나오게 된다면, 당신은 어느 세상에 더 오래 있을 것 같은가? 현실에 더 오래 있을 거라고 당연한 듯 얘기할 수 있는가? 천천히 한번 생각해 보자.

Q.

전 세계 사람들이 시청하는 방송에 출연한다면, 무슨 말을 하고 싶나요?

이 질문에 대한 답변은 정말 다양했다. 자신을 홍보하고 싶어 하는 사람도 있었고, 계좌에 100원씩만 보내 달라고 얘기한다는 사람도 있었다. 당신은 어떤 얘기를 하고 싶은가? 방송에서 사용할 대본을 작성한다고 생각해 보자. 잘 떠오르지 않는다면, 먼저 내가 출연한 방송이 어떤 방송일지 상상해 보자. 현재 책을 쓰고 있는 내가 베스트셀러 작가가 되어 방송에 출연하는 망상을 하는 것처럼 말이다. 방송에 출연한 당신은 어떤 모습일지 떠올려보자.

방송에서 하고 싶은 얘기에 대해 적었다면, 왜 그이야기를 하고 싶은지 생각해 보자. 많은 사람들 앞에서 그 내용을 이야기했을 때, 어떤 감정이 느껴질 것같은가? 여러 가지 상황을 떠올려보는 것이다. 유명 MC와의 인터뷰라면 어떤 질문에 어떤 대답을 할 것 같은지. 세계적인 시상식에서 수상을 한다면, 누구에게 감사를 표할 것 같은지. 단순한 망상이라고 생각하지 말자. 혹시 아는가. 당신이 정말 그런 자리에 초청되어 수많은 사람 앞에 서 있을지.

Q.

지금까지 해본 상상 중에서
가장 슬픈 상상은 무엇인가요?

앞서 상상에 관해서 이야기했으니, 이제는 슬픈 상상을 떠올려보자. 평소에 상상력이 풍부한 편인가? '만약에 어떤 일이 벌어진다면', '미래에 어떤 일이 생긴다면'이라는 상상을 해본 적이 있는가? 나는 상상력이 과할 정도로 풍부한 편이다. 슬픈 상상을 하다 울컥한 적도 있을 정도이다. 미래에 어떤 상황이 벌어지면 가장 슬플 것 같은가? 그 상상이 인간관계와 관련되어 있다면 누구와 관련이 있는지, 나에 대한 것이라면 어떤. 내용인지 적어보자.

과거에 나는 '밤탱이'라는 햄스터를 키운 적이 있다. 2년 정도 밤탱이를 키웠을 때, 나는 이 친구가 하늘나라로 가는 슬픈 상상을 매일 했던 것 같다. 1년이 지나 실제로 그 일이 일어났을 때, 그 상상은 슬픈 현실로 바뀌었다. 상상이 슬퍼지는 이유는, 실제로 그

일이 일어나진 않을까 하는 불안감 때문이다. 지금 머
릿속에 떠오르는 슬픈 상상이, 어쩌면 당신의 불안감
을 보여주고 있는 것일지도 모른다. 슬픈 상상에 대해
떠올리며 당신의 불안감을 찾아보도록 하자.

나를 싫어하는 사람이 생기면
어떤 생각이 드나요?

타인의 시선을 얼마나 신경 쓰는 편인가. 험한 말을
들었을 때 상처를 많이 받는가? 누군가가 당신을 미
워한다고 했을 때, 내가 무엇을 잘못했는지 되새겨본
적이 있는가? '타인의 말에 휘둘리지 말아야 한다',
'나의 인생일 뿐이다'라는 조언을 들어본 적이 있을
것이다. 부정할 수 없는 사실이다. 그렇다면 그런 말
을 듣는 나의 귀만 닫으면 되는 것일까? 입 밖으로 비
집고 나온 상처의 말은 어떻게 되는 걸까?

나는 싫어하는 사람이 생기면 무시한다. 세상에서
그 사람의 존재를 없앤다고 할 정도로 심하게 조치한
다. 이유는 간단하다. 내가 상처를 필터링 없이 받는
사람이라는 것을 알기 때문이다. 이런 나의 성격 때문
인지 많은 조언을 들을 수밖에 없었다. 나를 싫어하는
사람을 내 편으로 만들어야 한다는 조언. 앞서 말한

조언과 이 조언은 상반된다. 그러한 차이 덕분에 나만의 조언은 따로 있다는 사실을 알게 되었다. 누군가가 당신을 싫어한다면 어떻게 행동하는가. 타인을 대하는 나의 태도가 마음에 드는지, 바꾸고 싶은지도 생각해 보자.

Q.

내 인생에 있어 가장 중요한 우선순위
1,2,3등은 무엇인가요?

타인을 대하는 나의 모습을 찾아봤다면, 이제 나에 대해 좀 더 알아 가보자. 질문에는 우선순위를 3위까지만 적어 놨다. 원한다면 더 많은 등수를 추가해도 상관없다. 우선순위를 정하기 전에 한가지 먼저 묻고 싶다. '나'는 우선순위에서 몇 위에 속하는가? 꼭 1순위여야 하는 것은 아니다. 만약 나보다 우선순위에 있는 것이 있다면, 그것이 왜 나보다 앞서 있는지 이유를 찾아보자.

나의 1순위는 내가 아니다. 현재 1순위는 책을 완성하는 것이다. 질문에서는 '인생에서 가장 중요한 우선순위'라고 명시됐지만, 우선순위는 항상 바뀐다. 만약 이 질문을 10년 전 혹은 10년 후에 받더라도 똑같은 대답이 나왔을까? 비록 적혀 있지는 않지만, 질문에는 '현재'라는 단어가 내포되어 있다. 지금 내가 가장

중요시하는 것. 그것은 사람일 수도 목표일 수도 있
다. 만약 사람이라면 지금 그 사람에게 해줄 수 있는
것이 무엇인지 생각해 보자. 반대로 목표라면, 그 목
표를 이룰 기간을 정해보자. 지금 작성한 우선순위도
중요하지만, 오늘 이 순간이기 때문에 내가 그것들을
중요하게 여긴다는 사실을 잊지 말자. 이 순간을 기억
하자. 우선순위가 바뀌는 순간이 온다면, 그만큼 성장
했다고 느끼며 좋은 마음으로 놓아주도록 하자.

Q.

지금 무슨 생각을 하고 있나요?

　잠시 생각에 브레이크를 밟아보자. 지금까지 나온 질문들을 대답하며 어떤 생각이 들었는가? 긍정적인 영향을 끼쳤다면 굉장히 뿌듯하겠지만, 반대의 경우라면 미안하다. 나의 전달 능력이 부족했던 것 같다.

　생각을 멈춰보라고 한 이유는, 생각을 생각해 보기 위해서이다. 질문에 대답하다 보면, 답변에 대해서만 생각하고 정작 내가 무슨 생각을 하고 있는지는 놓치는 때가 많다. 그러니 잠시 멈춰 나무가 아닌 숲을 바라보자. 마실만한 음료를 가져와도 좋고, 잠시 책 읽는 것을 중단해도 좋다. 질문에 대답하고 있는 당신을 바라보자. 어떤 감정을 느끼고 있는지, 무슨 생각을 가지고 있는지. 거울을 바라본다고 생각하며 나를 관찰해보자.

　한가지 생각만 집중한다는 것은 불가능에 가깝다.

세상엔 궁금한 것이 너무나 많고, 탐구하고 싶은 욕구는 끊임없이 생성되기 때문이다. 우리는 그 생각들을 잡생각으로 분류한다. 집중에 방해가 되고, 쓸모없는 생각이라고 여기는 것이다. 사실 쓸모없는 생각은 존재하지 않는다. 생각이 난 순간이 때에 맞지 않았을 뿐이다. 그러니 이번에는 잡생각들에 집중해 보자. 앞서 말했듯 처리할 일이 있다면 처리하고 오도록 하자. 남은 길을 마저 달리기 위해 휴게소에 잠시 들른다고 생각하자.

Q.

긴장했을 때 나만의 대처 방법은?

우리는 새로운 일을 시작하거나, 처음 마주하는 순
간이 펼쳐지면 긴장하곤 한다. 그러니 새로운 취미를
시작하기에 앞서, 긴장했을 때의 대처법을 알아보고
가도록 하자. 긴장을 푸는 당신만의 루틴이 있는가?
심호흡하거나, 물을 마시는 것과 같은 루틴이 있다면
적어보자. 긴장했을 때 나오는 나만의 행동 패턴, 습
관에 대해 생각해 보는 것이다.

유독 긴장하는 순간은 언제인가? 긴장했을 때의 대
처 방법을 적었다면, 이제는 긴장하는 상황에 관해 이
야기할 것이다. 많은 사람들 앞에서 발표할 때, 좋아
하는 사람과 함께 있을 때 등, 여러 가지 상황에서의
긴장했던 나를 떠올려보자. 긴장에도 여러 종류가 있
다. 임의로 나눠보자면, 떨리는 긴장감과 설레는 긴장
감이 있을 것이다. 가장 최근에 떨리는 긴장감 혹은

설레는 긴장감을 느꼈던 순간이 있는가? 떨리는 긴장감에 대해서 우선 적어놓고, 설레는 긴장감은 뒤에 나올 질문에 적어보도록 하자.

Q.

운명이 존재한다고 생각하나요?

운명이라고 느껴졌던 만남이 있는가? 우연이라고 하기에는 설명이 부족하고, 기이하면서도 신기한 상황 말이다. 그런 상황을 겪어본 적이 있다면, 어떤 생각이 들었는가? 만약 당시에 운명적인 만남이라는 생각이 들었다면, 시간이 지난 지금의 생각은 어떤가? 앞으로도 나의 운명인 사람이 존재할 것 같은가? 사람이 아닌 것에 대해 생각하는 것도 좋다. 지금껏 내가 했던 선택 중, 운명이라고 느껴졌던 선택이 있는가? 내게 찾아온 운명적인 일자리, 운명적인 기회 등 운명은 꽤 많은 단어 앞에 붙을 수 있다. 운명 앞에 원하는 단어를 붙여보자. 그리고 그 운명이 나에게 찾아온 순간이 있는지 생각해 보자.

이 질문을 쓰면서 '운명'이라는 단어에 집중하지 않았다. '존재'라는 단어에 집중했다. 존재하는 것이란 무엇일까. 가끔 우리는 운명을 만들어내려 한다. 운명적인 만남을 위해 그 사람이 자주 다니는 길을 걷거나, 비슷한 취미를 미리 공부한다. 이런 모습을 보면서 '존재'에 대한 의문이 조금은 풀렸다. 존재하기에 비로소 만들고 싶다는 욕망이 생기지 않을까. 운명은 존재하는 것 같다. 존재하기에 사람들은 바란다. 어떤 방향이더라도 결말이 운명이었으면 한다. 당신은 어떠한가? 내가 하는 일이, 만나는 사람이 운명이었으면 하는 마음은 없는가?

Q.

누군가와 사랑에 빠지게 된다면
나는 어떤 사람으로 변하나요?

사랑에 빠져본 적이 있는가? 연애를 해봤냐는 질문
이 아니니 오해는 없길 바란다. 누군가를 좋아하는 마
음이 생기는 것, 흔히 말하는 짝사랑 또한 사랑이다.
좋아하는 사람이 생기면, 나는 어떻게 변하는가? 티
를 많이 내는 편인가? 아니면 잘 숨기는 편인가? 좋
아하는 사람 앞에서의 내 모습은 어땠는지 기억을 되
짚어보자. 만약 연애했던 경험이 있다면, 연애했을 때
의 내 모습을 떠올려봐도 좋다. 사랑이 내 인생에 얼
마나 큰 영향을 미치는지 생각해 보자.

나는 사랑에 빠지면 일상생활이 불가능하다. 마음
을 송두리째 뽑아 그 사람에게 넘기는 스타일이라, 온
신경이 그 사람에게 집중된다. 만약 지금도 연애하고
있었다면, 이렇게 책을 쓰지 못했을 수도 있다. 사랑
을 대하는 나의 방식이 성숙하지 못하기 때문이다. 그

렇다면 당신은 어떠한가? 연애할 때 얼마나 마음을
주고, 거리는 얼마나 두는가? 사랑에 대해 더욱 깊이
들어가기 전에, 내 사랑의 형태를 어느 정도 파악하고
페이지를 넘겨보자.

첫사랑은 어떤 사람이었나요?

누구에게나 첫사랑은 존재한다. 만약 첫사랑이 없다고 한다면, 아직 만나지 못한 것이다. 첫사랑에 대해 이야기하기에 앞서, 나만의 기준을 세워보자. 당신이 생각하는 첫사랑이란 무엇인가? 사람마다 기준이 다를 것이다. '처음으로 나와 연애했던 사람', '이뤄지진 않았지만 나에게 사랑을 알려준 사람'처럼 말이다. 마음속에 존재하는 첫사랑을 떠올리며, 그 사람이 첫사랑인 이유에 대해서 적어보도록 하자.

내 첫사랑은 배울 점이 많은 사람이었다. 키도 컸고, 정말 아름다웠다. 앞에서 얘기한 '이뤄지진 않았지만, 사랑을 알려준 사람'이 나의 이야기이다. 이뤄지지 않았기에 아직까지도 반짝이는 첫사랑으로 남아있는 걸지도 모르겠다. 당신의 첫사랑은 어떠한가? 아마 비슷한 느낌이지 않을까 싶다. 아름답고, 기억에서 사라지지 않는 존재. 그 사람과 함께한 추억이 있다면, 적어보도록 하자. 첫 만남은 어땠는지, 기억에 남는 장소는 어디인지, 과거의 사랑에 잠시 몸을 맡겨보자.

Q.

전 애인은 어떤 사람이었나요?

 질문에는 '전 애인'이라고 명시되어 있지만, 본인이 원하는 과거의 사람을 한 명 끌어와 보자. 그 사람은 당신과 얼마나 잘 맞았는가? 물론 현재는 남이 된 사이지만, 과거 사진첩을 펼친다는 생각으로 조금씩 적어보자. 그 사람의 어떤 점이 마음에 들었는지, 가장 기억에 남는 추억은 무엇이고, 왜 이별을 맞이하게 되었는지. 마음속에 남아있는 미련은 없는지 적어보도록 하자.

 만약 글을 쓰다 '재회'라는 키워드가 뇌리를 스쳤다면, 당장 그 생각을 지우길 바란다. 이 질문이 언뜻 보면 과거의 잔재를 들추는 질문 같지만, 오히려 의도는 반대에 가깝다. 이 페이지에서 남은 미련마저 털어내고 다음 장으로 넘어갔으면 한다. 나도 전 애인에게 좋은 감정을 가지고 있지는 않다. 많은 상처를 받았고, 좋은 기억은 사라진 지 오래다. 그래도 살아가야 하기에, 지나간 인연이라 생각하고 버티고 있다. 당신도 비슷한 상황일지는 모르겠지만, 만약 사랑을 하고 있다면 그 사랑이 오래 지속되길 바랄 것이고, 하고 있지 않다면 멋진 사랑이 찾아오길 응원할 것이다.

Q.

미래 애인에게 바라는 점이 있다면?

'애인에게 바라는 점'이라는 키워드가 가장 먼저 눈에 들어오겠지만, 이 질문은 버킷리스트에 관해 물어보는 것과 비슷하다. 미래의 애인과 함께하고 싶은 일들에 대해서 적어보도록 하자. 현재 애인이 있는 상태라면, 함께 적어 보는 것도 좋다. 가고 싶은 곳은 어디인지, 같이 해보고 싶은 취미는 없는지. 하나씩 계획을 세우듯 써 내려 가보자. 바라는 점이라는 키워드가 들어갔으니, 받고 싶은 이벤트, 혹은 해주고 싶은 이벤트를 적어 보는 것도 좋다. 애인과 함께하고 싶은 것을 최대한 많이 써보도록 하자.

다 적었다면, 쓴 내용들을 살펴보자. 활동적인 것을 하고 싶은지, 정적인 것을 하고 싶은지. 내가 받고 싶은 것은 무엇이고, 주고 싶은 것이 무엇인지 말이다. 미래의 애인에게 바라는 점이라는 것은, 곧 내게 바라는 점이다. 적어놓은 내용을 확인해 보며, 내가 어떤 연애를 바라고 있는지 정리해 보자. 나중에 연애하게 된다면, 이 책에 쓰여 있는 것들은 꼭 한번 실행해 보길 바란다.

Q.

사랑하는 사람과 이별하게 된다면
마지막으로 무슨 말을 하고 싶나요?

지금까지도 후회하고 있는 이별이 있는가? 헤어진 것에 대한 후회가 아닌, 헤어질 때의 후회에 관해 물어보고 싶다. 마무리가 좋지 않았던 이별에 대해서 떠올려보자. 어떤 점이 후회되는가? 만약 다시 그때로 돌아갈 수 있다면, 어떤 말을 상대에게 건네고 싶은가? 그때 당시 나는 어떤 말을 했는지 되감아 보자. 만약 마무리가 좋지 않았던 이별이 없다면, 질문에 대한 대답을 바로 적어보도록 하자.

만약 사랑하는 사람과 이별하게 된다면, 나는 오히려 아무 말도 하지 않을 것 같다. 항상 이별을 통보받는 입장이라 그런지, 더 이상 붙잡고 미련을 가지는 것을 하고 싶지 않다. 사랑이라는 감정에 환멸이 난 것일지도 모르겠다. 당신은 어떤 말을 적었는가? 왜 그 말을 적었는지도 생각해 보면 좋다. 사랑이 끝난

이후에 상대에게 어떤 전 애인으로 남고 싶은지, 나를
잊지 못했으면 하는지, 빠르게 잊었으면 하는지 고민
하며 적어보자.

Q.

내가 지금까지 받은 메시지 중에서
가장 슬펐던 내용은 무엇인가요?

글을 보고 울어본 적이 있는가? 나는 여러 번 울었던 기억이 있다. 책을 읽고 울어본 적도 있고, 메시지를 보고 운 적도 있다. 메시지 같은 경우에는 보낸 사람이 겹쳐 보여서 그런지, 감정이 함께 전달되는 느낌이다. 질문을 보고 떠오른 메시지가 아직 남아 있다면, 지금 한번 찾아보자. 어떤 내용인지, 나는 왜 그 메시지를 읽고 슬펐는지 다시 한번 생각해 보자.

질문에 대한 나의 답을 얘기하자면, 나는 전 애인에게 받은 편지가 가장 슬펐다. 과하게 예쁜 말들과 영원이라는 단어 그리고 사랑한다는 말은, 모든 게 끝난 지금 나에게 가장 슬픈 편지가 되어버렸다. 글이란 참 신기한 것 같다. 그 당시에는 행복을 가져다주는 글이었다고 해도, 언제 슬픈 모습을 드러낼지 모르기 때문이다. 당신이 적은 메시지를 지금 읽으면 어떤 기분이

드는가? 그 메시지를 받았을 때와 지금이 얼마나 달라졌는지 적어보자.

그렇다면 반대로 생각해 보자. 당신이 썼던 메시지 중에서 가장 슬픈 메시지는 무엇인가? 쓰면서 슬픔을 느낀 메시지도 좋고, 상대가 슬픔을 느꼈으면 하면서 쓴 메시지도 좋다. 그 편지는 누구에게 쓴 편지인가? 그 편지를 쓴 이유는 무엇이고, 어떤 상황에서 편지를 썼는지 과거를 되새겨보자.

Q.

세상에 영원한 것은 뭐가 있을까요?

영원한 사랑, 영원한 우정이라는 말을 들어봤을 것
이다. 당신은 세상에 영원한 것이 존재한다고 생각하
는가? 존재한다면 어떤 것이 영원하다고 생각하는지
적어보도록 하자. 반대로 영원할 것이라 믿었는데 배
신당한 경험을 적어 보는 것도 좋다. 앞서 사랑이 영
원할 줄 알았다는 나의 이야기처럼 말이다. 만약 영원
한 것은 존재하지 않는다고 생각한다면, 가장 오래 지
속되는 것은 무엇인지 생각해 보자.

나에게 영원한 것은 나밖에 없다. 영원의 기준을
'내가 살아있을 때'라고, 가정했을 때, 나는 끝까지 함
께하기 때문이다. 물론 과거에는 이런 가치관을 따르
고 있지 않았다. 만남과 사랑 그리고 이별을 겪으며,
결국 옆에 있는 것은 나뿐이라는 가치관이 생긴 것이
다. 그렇기에 더욱 나에게 집중하려고 노력한다. 물

론 쉽지는 않다. 영원한 것에 대해서 적었다면, 그 이유도 생각해 보자. 왜 그것이 영원하다고 생각하는지, 영원에 대한 나의 기준은 무엇인지 적어보도록 하자.

Q.
우정과 사랑 중 더 중요한 것은?

우선 질문에 대한 대답부터 적어보자. 당신의 선택은 무엇인가? 친구들에게 미안하지만, 나는 사랑을 선택했다. 우정이 소중하지 않다는 것은 아니다. 그렇지만 나는 우정보다 사랑이 찾기 더 어렵다고 생각한다. 정말 개인적인 견해지만, 나에게 우정은 시작하는 것도 끝내는 것도 쉽다. 반면에 사랑은 시작과 끝모두 어렵다. 그렇기에 나는 사랑을 선택했다. 어렵게 찾아온 사랑이 있다면, 우정을 잠시 놓아두고 사랑을 쟁취하고 싶을 것 같기 때문이다.

당신의 선택이 무엇일지는 모르지만, 그 선택에 대한 이유를 적어보자. 친한 친구의 의견을 먼저 물어보는 것도 좋다. 우정을 선택했는데, 친구의 대답을 듣고 바뀔 수도 있기 때문이다. 이 질문을 올렸을 때, 가장 많은 공감을 받은 댓글은 "때에 따라 달라져야 한다" 였다. 우정이 먼저일 때는 우정을, 사랑이 먼저일 때는 사랑을 선택해야 한다는 것이다. 사실 이 말도 맞다. 하나만 바라보고 살 필요는 없다. 반대로 어떤 사람은 우정과 사랑 둘 다 중요하지 않다고 느낄 수도 있다. 정답을 찾으려고 하지 말자. 당신을 찾으려고 노력해 보자. 나에게 사랑, 우정이란 무엇인지 깊은 질문을 던져보자.

Q.
처음 만난 사람과 친해지는
나만의 방법이 있다면?

새로운 사람과 인연을 쌓을 때, 당신은 그 사람에게 어떻게 다가가는가? 최근 새로운 사람을 만난 경험이 있는지, 당시에 나는 어떻게 행동했는지 생각해 보자. 이미 예상했을 수도 있지만, 나는 첫 만남에 질문을 많이 하려고 노력한다. 그 사람에 대해서 아는 것이 생겨야 대화를 이어갈 수 있기 때문이다. 혹시 당신도 처음 만난 사람에게 질문을 던진다면, 어떤 질문을 던지는지 생각해 보자.

당신은 새로운 사람을 만나는 것을 어려워하는가? 아니면 큰 어려움을 느끼지 않는가? 나는 새로운 사람을 만나는 것을 어려워하는 편이다. 친해지지 못한다는 뜻은 아니다. 그 사람과 빠르게 가까워지지만, 그 과정에서 눈치를 많이 본다. 당신은 어떠한가? 지금까지 만난 사람 중에, 첫 만남이 쉽지 않았던 사람이 있었는지 떠올려보자. 그 사람과 현재는 어떻게 지내고 있는가? 현재 친한 상태라면, 처음 만났던 순간에 대해서 같이 이야기해 보는 것은 어떨까?

Q.
새로운 사람을 만날 때
가장 중요하게 여기는 것은 무엇인가요?

삶을 살아가는 데 있어서 인간관계는 당연히 중요하다. 그렇다고 모든 사람을 나의 곁에 두고 갈 수는 없다. 나만의 기준을 통해 사람들을 분석하는 것이 필요하다. 기준점은 어느 것이든 될 수 있다. 그 사람의 표정이 될 수도, 행동이 될 수도 있다. 나의 기준점 같은 경우에는 '말투'이다.

상대방과 대화하면 많은 것을 느낄 수 있다. 예의, 존중, 배려 등 말투에 대부분이 담겨 있기 때문이다. 물론 사람을 말투만으로 판단하는 것은 섣부른 판단일 수 있다. 그렇지만 상황과 사람이 한두 명씩 쌓이다 보니, 내 기준에 대한 신빙성이 어느 정도 생겼다. 말투가 마음에 들지 않는 사람들은 자연스레 멀어졌다. 매정하다고 생각할 수 있지만, 어설픈 정을 주기 전에 끝내는 것이 그 사람에게도 도움이 된다고 생각한다.

당신은 어떤 기준을 통해 사람을 곁에 두는가? 꼭 기준이 있어야 하냐고 묻는다면, 없어도 괜찮다고 대답할 것이다. 그렇지만 최소한 기준선 하나 정도는 만들어놓는 것을 추천한다. 모든 사람을 품고 가고 싶은 사람 또한 존재할 것이다. 그렇지만 절대 넘지 말아야 할 선은 필히 존재해야 한다. 그 선의 기준을 정해보자. 있지도 않은 얘기로 나를 험담하는 사람, 남의 얘기를 듣지 않는 사람 등 뭐든 좋다. 적어도 이 페이지를 넘긴 다음부터는 그 선을 넘는 사람에게 마음을 주는 행위 따위는 하지 않도록 하자.

Q.

타인이 바라보는 나의 첫인상은?

이제 나에 대한 모습을 다른 사람의 시선으로 바라보자. 지금 연락이 가능한 친구나 지인이 있는가? 있다면 나의 첫인상은 어땠는지 물어보도록 하자. 그리고 그 대답을 노트에 적어놓자. 가능하다면, 첫인상과 현재의 차이점에 관해 물어보는 것도 좋다. 어떤 대답이 나왔는가? 예상했던 대답이 나왔는가? 아니면 전혀 몰랐던 내용에 대해 알게 되었는가? 지인에게 대답을 모두 들었다면, 반대로 나도 얘기해주는 건 어떨까?. 이 기회를 통해 과거의 추억을 떠올려보는 것이다.

당신은 어떤 첫인상을 가지고 싶은가? 앞서 다른 사람에게 첫인상을 들었다면, 이제는 내가 원하는 첫인상을 적어보자. 사람들에게 어떤 모습으로 보이고 싶은지, 그러기 위해 어떤 노력을 하고 있는지 떠올려보자. 그렇다면 왜 그런 첫인상을 남기고 싶은가? 이유를 찾기 어렵다면, 사람들에게 보이기 싫은 첫인상에 대해 먼저 생각해 보자. 왜 그렇게 보이고 싶지 않은지에 대해 생각하다 보면, 원하는 모습에 대해서도 자연스레 생각날 것이다.

Q.
내 인생 최고의 스승은 누구인가요?

　우리는 계속해서 스승을 만난다. 배워야 할 것은 끊임없이 늘어나고, 따라가기 위해서는 도움이 필요하기 때문이다. 최고의 스승이 누구인지 생각하려면, 살면서 배운 것 중 가장 큰 깨달음을 얻은 것은 무엇인지 생각해 봐야 한다. 어떤 깨달음인지에 따라 스승이 달라질 수 있기 때문이다. 나 같은 경우 사회생활에 대한 깨달음은 군대에서 행정 보급관님에게 배웠다. 우정은 십년지기 친구에게 배웠고, 미래에 대한 확신은 부모님께 배웠다. 이들은 모두 내 최고의 스승이자 선생님이다.

　여러 가지 키워드를 떠올려보자. 우정, 사랑, 인간관계 뭐든 좋다. 그 단어들을 하나씩 나열하며, 누가 나에게 이 단어들을 알려줬는지 생각해 보자. 찾는 것이 어렵다면, 키워드를 세분화하면 된다. 인간관계를 예로 들자면, 내가 싫어하는 행동에 대한 기준을 알려준 사람 혹은 내가 좋아하는 행동에 대한 기준을 알려준 사람이 누구인지 떠올려보자. 조금은 쉽게 접근할 수 있을 것이다. 앞으로 어떤 스승을 만나고 싶은지 고민해 보는 것도 좋다. 내게 부족한 점을 파악하고 그에 맞는 스승을 찾는 것이 얼마나 재밌는 일인지 알게 될 것이다.

Q.
내가 가장 잘 가르칠 수 있는 분야는?

스승에 대해서 어느 정도 적었다면, 반대로 나는 어떤 스승이 되고 싶은지 생각해 보자. 누군가 배움을 원한다면, 내가 알려줄 수 있는 것은 무엇인지. 그들에게 어떤 교훈을 전달할 수 있을지 고민해 보자. 사실 중요한 포인트는 교훈이다. 나만의 확고한 가치관이 있어야 타인에게 더 정확하게 설명하고 가르칠 수 있다. 나는 어떤 가치관을 따르고 있는가? 너무 광범위하다면, 본인이 배우고 있는 분야를 가져와도 좋다.

내가 만약 타인에게 '인스타 콘텐츠 제작'에 대해 가르쳐야 한다면, '즐거움'이라는 키워드를 먼저 전달하고 싶다. "콘텐츠를 제작하는 데 있어 즐거움이 없다면 꾸준히 유지하는 것이 힘들다"라는 가치관을 세우고 가는 것이다. 누군가를 가르쳐야 하는 상황은 언제든 생길 수 있다. 위 질문을 보고 단순히 '어떤 것을 가르칠 수 있을지'에서 끝나지 않았으면 한다. 다른 사람이 아닌 나에게 배워야 하는 이유를 만들어가다 보면, 얕은 조언에서 벗어나 깊은 울림을 주는 깨달음을 선사할 수 있을 것이다.

당신의 롤모델은 누구인가요?

인생을 살아감에 있어 롤모델은 중요하다. 어떤 사람처럼 되고 싶은지는 나의 목표를 간접적으로 보여주기 때문이다. 나의 롤모델은 정말 많다. 그중 나에게 가장 큰 영향을 끼친 롤모델은 유튜버 티키틱 분들이다. 나에게 롤모델은 '함께 작업하고 싶은 사람'을 의미한다. 티키틱이 나에게는 그런 존재였다. 영상이란 무엇인지 알려주었고, 함께 작업하는 미래를 상상하게 했다. 당신에게 롤모델은 어떤 의미인가? 만약 닮고 싶은 마음이 크다면, 그 사람의 어떤 부분이 닮고 싶은가? 내가 그 사람과 이미 닮아 있는 부분은 없는가? 여러 가지를 생각해 보자.

이 질문을 올리기 전, 시청자 한 분께 내가 롤모델이라는 디엠을 받았다. 그 당시에는 이해하지 못했다. 내가 누군가의 롤모델이 된다는 것을 상상도 하지 못했기 때문이다. 그래서 이 질문에는 두 가지 의미를 담았다. 당신의 롤모델에 대한 것과 당신이 롤모델이 되는 것에 대한 질문이다. 나는 어떤 롤모델이 되어야 할까. 미래에 롤모델이 될 나의 모습을 그려보자. 사람들이 나의 어떤 점을 닮고 싶어 할지 상상해 보는 것이다.

Q.

내가 부러워하는 사람들의
공통적인 특징은 무엇인가요?

부러움에 대해 이야기하려면, 부족함이 무엇인지부터 알고 가야 한다. 나에게 부족한 점은 무엇이 있는가? 고치고 싶은 것, 바꾸고 싶은 것들이 있다면 적어보자. 남에게는 있지만 나에게는 없는 것이 무엇인지 생각해 보는 것도 좋다. 다 적었다면, 내가 가지지 못한 것들을 이미 다 가진 것 같은 사람을 떠올려보자. 나와 정반대 세상을 살고 있는 것 같은 사람 말이다. 그 사람이 가진 장점 중에서 가장 부러운 장점은 무엇인가? 배우고 싶은 점, 닮고 싶은 점을 생각해 보면 좋을 것 같다.

그렇다면 이제 반대로 생각해 보자. 사람들은 나의 어떤 점을 부러워할 것 같은가? 다른 사람이 아닌, 나에게 물어보자. 없다는 결론은 나지 않았으면 한다. 여기까지 모두 적었다면, 당신은 모든 준비가 끝났다.

마음이라는 항아리 중에서, 어떤 항아리가 덜 채워졌
고, 조금이나마 채워진 항아리는 무엇인지 알게 된 것
이다. 이제 채우면 된다. 부러움은 배움의 발판이다.
항아리의 위치와 채워진 정도를 알았으니, 노력을 더
이상 흘리지 않을 것이다.

Q.

친한 친구가 평소에
가장 많이 하는 말은 무엇인가요?

이 질문을 읽자마자 떠오른 친한 친구를 적어보자. 그 친구는 언제 만났는가? 어떻게 친해졌고, 최근에는 언제 같이 놀았는지 생각해 보자. 그 친구가 입버릇처럼 달고 다니는 말은 무엇인가? 말이 아니라 행동을 적어도 좋다. 그 말 혹은 행동을 듣거나 보았을 때 당신의 기분은 어떠한가? 앞으로도 계속해서 듣고 싶은 말인지, 그만 듣고 싶은지 적어보도록 하자.

반대로 그 친구와 대화할 때, 당신은 무슨 말을 가장 많이 하는가? 어떤 단어를 가장 많이 사용하는지 생각해 봐도 좋다. 힘들다, 재밌다 처럼 떠오르는 단어가 있다면 적어보자. 친구와 주고받은 연락을 읽어보는 것은 어떨까? 아니면 그 친구와 대화를 나누는 상황이 생겼을 때, 대화 내용을 자세히 한번 들어보자. 우리는 어떤 얘기를 나누고, 대화의 주제는 대부

분 어디로 흐르는지 말이다. 그 친구와 나만 알아들을
수 있는 단어를 생각해 보는 것도 좋다. 다른 사람은
알지 못하는 둘만의 추억, 흑역사가 있을 것이다. 그
기억 안에서 나눴던 대화, 행동을 떠올려보자. 몇 년
이 지나도, 친구의 얼굴이 바뀌더라도 그 친구임을 알
수 있는 단어를 적어놓도록 하자.

Q.
나와 가장 친한 친구를
한 문장으로 소개한다면?

앞에서 얘기한 친구를 소개한다면, 어떻게 소개할 것인가? 한 문장이 아니어도 좋다. 가장 친한 친구를 봤을 때 떠오르는 단어가 있다면 적어보도록 하자. 그 친구가 자주 하는 말을 인용해도 좋다. 칭찬하고 싶은 부분이 있는지, 꼭 기억해야 할 특징은 무엇인지 생각해 보자. 닮은 동물이나 연예인이 있다면 적어 보는 것도 좋다. 친구를 떠올리며 그림을 그려보는 것도 재밌을 것 같다. 당신이 원하는 방식으로 그 친구를 소개해 보자.

이 질문에 대한 답변을 적을 때, 나는 "항상 한결같아 언제 봐도 익숙하고 고마운 친구"라고 적었다. 성인이 되고 친구들을 만나는 주기가 길어졌다. 빠르게 흘러가는 시간 속에 서로를 잊고 지낸 적도 많다. 그렇게 6개월, 1년이 지나 친구들을 만나지만, 전혀 어색하지 않다. 나는 그 익숙함이 고마운 것이다. 친구에 대한 소개를 어느 정도 적었다면, 반대로 그 친구에게 당신을 소개해달라고 부탁해 보자. 오글거리겠지만, 이 기회에 서로 어떤 생각을 하고 있는지 대화를 나눠보면 좋을 것 같다.

Q.

오늘 바로 여행을 가야 한다면
누구와 어디를 가고 싶나요?

여행은 나에게 깊은 상상력과 마음의 안정을 선물한다. 여행의 맛에 빠진 나는, 모르는 길거리를 거닐거나 새로운 장소를 찾는 것을 여행으로 느끼는 경지에 이르렀다. 당신은 여행 가는 것을 좋아하는가? 만약 좋아한다면 자연과 도심 중 어느 곳을 선호하는가? 장소에 대한 고민을 먼저 해보고 사람으로 넘어가 보도록 하자.

함께 여행을 간 사람 중에, 가장 마음이 편했던 사람은 누구인가? 선택에 눈치 보지 않고, 말하지 않아도 잘 맞는 사람을 떠올려보자. 물론 그런 사람이 아니더라도 여행을 함께 가고 싶을 수도 있다. 꼭 잘 맞아야만 여행을 함께 가야 하는 것은 아니기 때문이다. 장소와 사람이 떠올랐다면, 함께 갔으면 하는 사람에게 연락을 해보자. 이 질문에 대한 답변이 단순히 글로만 존재하진 않았으면 한다. 이런 질문을 마주한 김에, 같이 여행을 가고 싶은 사람과 여행 계획을 세워보는 것은 어떨까?

Q.

어릴 적 당신의 꿈은 무엇이었나요?

  앞서 여행에 대해 이야기했으니, 이제 과거로 여행
을 가보자. 한 번쯤 그런 경험이 있을 것이다. 학교에
서 장래 희망을 적어서 제출 혹은 발표를 했던 경험.
나도 다르지 않았다. 초등학생 때는 '농구선수', 중학
생 때는 '유튜버'라고 적어서 냈던 기억이 존재한다.
당신은 어떤 장래 희망을 적었는가? 왜 그 꿈을 가지
고 싶어 했는지, 지금은 그 꿈과 어느 정도 거리에 있
는지 생각해 보자.

  앞에서는 장래 희망에 관해 이야기했지만, 어릴 적
가장 이루고 싶었던 것에 대해 적는 것도 환영이다. 나
같은 경우에는 강아지를 키우는 것이 어릴 적 가장 큰
꿈이었다. 별 이유는 없었다. 귀여운 것에 한없이 약할
나이였고, 강아지는 귀여움의 상징이었기 때문이다.
꿈에 대한 것이 잘 생각이 나지 않는다면, 소원이라는

단어로 생각해 봐도 좋다. 어릴 적 가지고 있었던 소원은 무엇인가? 꼭 이뤄졌으면 하는 일, 혹은 갖고 싶었던 물건도 좋다. 어릴 적 나에게 말을 걸어, 기억 한편에 남아있는 먼지 쌓인 상자를 열어보자.

Q.

과거의 나에게 편지를 보낼 수 있다면
무슨 내용을 보낼 건가요?

본격적으로 과거의 나와 대화를 나눠보자. 지나버린 과거를 두고 후회해 본 적이 당연히 있을 것이다. 그때 했던 실수를 만회하고 싶은 생각이 있는가? 만약 그런 생각을 하고 있다면, 그 감정 그대로 편지에 담아보도록 하자.

다 적었다면, 한 가지 의문을 던져보자. 만약 지금 적은 편지를 현재의 내가 받게 된다면 어떨까? 그럼, 편지는 현재의 내가 받은 걸까, 과거의 내가 받은 걸까? 당신은 정말 과거의 나에게 편지를 썼는가? 아니면 지금 살아가고 있는 나에게 편지를 썼는가? 지금 나에게 온 편지라고 생각하고 편지의 내용을 한번 읽어보자.

나는 당신이 쓴 편지의 내용이 무엇인지 모른다. 그렇지만 과거의 당신도 결국 현재의 당신이라는 사실은 안다. 과거의 내가 쌓여 현재의 내가 만들어진 것이기 때문이다. 내가 살고 있는 현재도 순식간에 과거가 되어, 미래의 나를 만들어간다. 이제 당신이 쓴 편지도 과거의 내가 쓴 편지가 되었다. 지금을 누구보다 확실히 인지할 수 있어야 비로소 앞으로 나아갈 수 있다. 그렇다면 한가지 질문을 더 던지겠다. 당신은 과거에 살고 있는가 현재에 살고 있는가?

Q.
어릴 때 자주 가지고 놀았던
장난감은 무엇인가요?

어릴 때 친구들과 자주 한 놀이는 무엇인가? 나이 혹은 지역에 따라 다를 수도 있을 것 같다. 나는 어릴 때 놀이터를 가장 많이 활용했다. 경찰과 도둑, 술래잡기 같은 놀이를 하며, 신나게 뛰어다녔다. 애용했던 장난감은 카드였다. 여러 종류의 카드를 선호했고, 마술에 관심을 가지기도 했다. 이제 당신의 차례다. 기억 속에 있는 과거의 추억을 꺼내어 보자.

부모님에게 장난감을 사달라고 조르거나, 친구가 가진 장난감을 부러워했던 경험이 있는가? 지금 생각해 보면 별거 아닌 장난감일 뿐이지만, 당시에는 장난감 하나에도 울고 웃었을 것이다. 혹시 어릴 적 가지고 놀던 장난감이 현재에도 존재한다면, 꺼내서 책 옆에 두도록 하자. 요새 당신이 가지고 노는 장난감은 무엇인가? 하나 바람이 있다면, 스마트폰은 아니었으면 좋겠다. 두 물건을 책상 위에 두고, 시간의 흐름을 느껴보자. 그때의 나와 지금의 나는 어떤 점이 다르고, 어떻게 성장했는지. 장난감들을 보며 과거를 회상해 보자.

Q.
어릴 적에는 잘했지만,
이제는 못 하는 것이 있다면?

예전에는 존재했지만, 지금은 사라진 재능에 대해 생각나는 것이 있는가? 사라졌다고 하기보다는, 시간이 지나 잊혔다고 하는 것이 맞을지도 모르겠다. 이 질문에 많이 나온 대답 중 하나가 '피아노'이다. 어릴 적 열심히 배우긴 했지만, 기억에 남는 것은 제목도 모르는 클래식뿐이라는 것이다. 당신은 질문을 듣고 어떤 기억이 떠올랐는가? 과거에 배웠던 것들, 나름대로 재능이 있었던 취미에 대해 생각해 보자.

그렇다면 어릴 적에 잘했던 것들을 지금은 왜 못하는 것일까? 아마 대부분 시간을 그 재능에 쏟지 않았기 때문이라고 이야기할 것이다. 사실 맞는 말이다. 성장하면서 배울 내용이 늘어나기에 당연히 신경을 덜 쓸 수밖에 없다. 그렇다면 과거의 재능은 사라진 것일까? 앞서 잊힌 것이라고 이야기했지만, 아마 그 재능은 지금 새로운 재능으로 성장했을 것이다.

이제 지금 내가 가지고 있는 재능 또한 적어보자. 과거에는 전혀 하지 못했지만, 지금은 할 수 있는 것들에 대해서 말이다. 예를 들어 나에게는 운전이 현재 할 수 있는 것 중에서 가장 신기하다. 어릴 적에 부모님이 운전하시는 모습만 봐서 그런지, 운전이 멀게 느껴졌기 때문이다. 당신에게도 이런 것이 분명 존재할 것이다. 어릴 적에는 상상도 못 했지만, 지금은 너무나도 당연해진 것에 대해 적어보자.

어른이란 무엇이라 생각하나요?

어릴 적 당신은 어른들을 보며 어떤 생각을 했는가? 그 당시에 닮고 싶었던 어른이 있었다면, 왜 닮고 싶었는지 이유를 적어보도록 하자. 그렇다면 당신이 생각하는 '어른스럽다'의 기준은 무엇인가? 나이, 예의, 참을성 등 나만의 기준이 있다면, 그 기준에 대해서도 적어보자. 내 주변에 있는 사람들 혹은 유명인을 떠올려보는 것도 좋다. 가장 어른스러운 사람은 누구인지, 내가 가진 기준을 모두 갖춘 사람은 누구인지 생각해 보자.

어른의 정의에는 '자신을 책임질 수 있는 사람'이라는 내용이 들어가 있다. 물론 맞는 말이지만 내 생각은 조금 다르다. '책임을 질 수 있는 사람'보다 '책임의 무게를 아는 사람'이 더욱 어른처럼 느껴진다. 책임진다는 말의 뜻을 정확히 알고 있고, 자신을 제대로 볼 수 있는 사람이 진정한 어른이지 않을까 싶다. 나는 살면서 수많은 어른을 만났지만, 아직 어른이 되지는 못했다. 당신은 지금 어른이 되었다고 생각하는가? 아직 되지 않은 것 같다면, 당신은 어떤 어른이 되고 싶은지 적어보도록 하자.

Q.

살면서 겪었던 일 중에
가장 어이없는 일은 무엇인가요?

　살면서 우리는 정말 많은 일을 겪는다. 그중에는 내가 이해하기 힘든 상황도 존재한다. 일이 뜻밖으로 흘러가서 기가 막힐 때, 우리는 어이없다는 말을 쓰곤 한다. 질문을 보고 떠오른 어이없는 순간이 있는가? 있다면 언제, 어디서 일어난 상황인지 떠올려보도록 하자. 그렇다면 당신이 느낀 어이없는 감정은, 긍정적이었는가, 부정적이었는가? 여기서 묻는 긍정과 부정은 당신의 기분을 물어보는 것이다.

　우리는 재밌는 상황에서 어이없다는 표현을 쓰기도 하지만, 화가 나거나 심기가 불편한 상황에서도 어이없다는 말을 쓰곤 한다. 만약 앞서 얘기한 상황이 전자의 경우였다면, 후자와 맞는 상황은 없었는지 떠올려보자. 추가로 그 상황을 어떻게 해결했는지 적어보는 것도 좋다. 화가 날 정도로 어이없는 상황에 부닥치면, 생각이 멈추곤 한다. 이성적인 판단도 흐려지고, 감정 주체도 어려워진다. 그 감정의 범람을 막을 수 있는 수단이 있는가? 심호흡하거나, 가슴을 쓸어내리는 것처럼 당신만의 해결법이 있다면 적어보도록 하자.

Q.

운이 좋다고 생각했던 순간은?

당신은 평소에 운이 좋은 편인가? 최근에 운이 좋았던 순간이 있다면, 적어보도록 하자. 나는 굉장히 운이 좋은 편이다. 새로운 일을 시작하거나, 새로운 사람을 만나면, 운 좋게 모든 것이 잘 풀린다. 몇몇 사람들은 내가 잘했기 때문에 그런 일과 사람이 꼬이는 것이라고 말한다. 그렇지만 내 생각은 다르다. 노력의 크기에 비해서 과할 정도로 많은 복이 쏟아지고 있기 때문이다.

행운이라는 것이 존재하는지 묻는다면, 당신은 어떻게 대답할 것 같은가? 당신의 생각을 적어보고 그 이유 또한 생각해 보도록 하자. 운이 좋다는 말은 긍정적으로도, 부정적으로도 쓰인다. "운이 좋았지"라는 말을 꺼낸다면 겸손이 묻게 되고, "솔직히 운으로 해낸 거다."라고 이야기하면 시기와 질투가 묻어나는 것처럼 말이다. 당신도 이런 말을 꺼낸 적이 있는가? 있다면 어떤 사람에게 무슨 상황에 꺼냈는가? 당신은 운이 좋다는 말을 자주 하는지, 행운에 대해 어떻게 생각하는지 적어보자.

Q.

유독 시간이 느리게 가는 것 같은 상황은 언제인가요?

이 질문은 답변이 바로 떠오른 질문 중 하나이다. 내 답변은 '운동할 때'이다. 운동할 때만큼은 시간이 정말 느리게 간다. 대체로 내가 하기 싫은 일을 할 때 시간이 느리게 가는 것처럼 느껴진다. 막상 간직하고 싶은 순간이 찾아오면, 시간은 어느 때보다 빠르게 흘러간다. 당신은 무엇을 할 때 시간이 느리게 가는가? 혹은 느리게 갔으면 하는 시간이 있는가? 어떤 일에 흥미를 느끼고, 어떤 일에 지루함을 가지는지 생각해보자.

여러 순간이 떠올랐다면, 그중에서 가장 시간이 느리게 간 순간은 언제인가? 마치 시간이 멈춘 것만 같았던 순간 말이다. 나는 연인과 이별한 순간, 인스타 팔로워 5만을 찍은 순간에 그런 느낌을 받았다. 충격적인 사건이 터지면서, 시간에 대한 개념이 잠시 사라진 것 같았기 때문이다. 과거를 충분히 회상했다면, 지금 당신의 시간은 어느 정도의 속도로 흘러가고 있는지 적어보자. 내가 잘 나아가고 있는 건지 확인이 힘들 정도로 빠른가? 아니면 많이 고민하며 천천히 방향을 찾고 있는가?

Q.

내 인생에서 가장 비싼 추억은?

모든 추억은 값을 매길 수 없을 정도로 소중하지만, 유독 머릿속에 남아있는 추억이 하나쯤은 있을 것이다. 나의 가장 비싼 추억은 현재 만들어지고 있다. 매일 질문을 올리는 이 일상이 시작된 순간부터 나는 가치를 측정할 수 없는 추억을 만들어가고 있다. 나중에 가정이 만들어지고 아이가 생긴다면, "아빠는 우리나라 사람들에게 질문을 던져봤다?"라는 말을 해주고 싶을 정도이다. 당신의 인생에서 가장 비싼 추억은 무엇인가? 지난 추억들을 회상하며 답변을 작성해 보자.

추억이 떠올랐다면, 그 추억은 누구와 함께 만들어졌는지 생각해 보자. 머릿속에 떠오른 그 사람과 지금은 어떤 관계인가? 아직도 함께 추억을 만들어가고 있는가? 사람과 상황이 떠올랐다면, 나는 어떤 시간을 추억으로 인지하는지 생각해 보자. 앞서 말했던 칭찬을 받은 상황일 수도, 사랑을 했던 순간일 수도 있다. 추억은 과거에만 국한되는 것이 아니다. 앞으로도 쌓아야 할 과제이자 과정이다. 내가 생각하는 추억은 무엇인지, 앞으로는 어떤 추억을 쌓고 싶은지 적어놓고, 나만의 일기장을 만들어 가보도록 하자.

Q.

내가 가진 물건 중 가장
의미 있는 물건은 무엇인가요?

가장 의미 있는 물건이라는 질문은 앞서 얘기한 추억이라는 질문과도 이어진다. 추억이 많이 담긴 물건일수록 나에게 더 큰 의미로 다가오기 때문이다. 당신이 생각하는 의미 있는 물건은 누구에게 선물 받은 것인가? 혹은 본인이 구매한 물건, 우연히 발견한 물건일 수도 있다. 그렇다면 그 물건을 왜 의미 있다고 생각하는가? 어떤 사연이 담겨있고, 어떤 감정이 담겨있는가? 그 물건이 지금 근처에 있다면, 책 옆에 가져다 놓고 그때의 순간을 떠올려보자.

나에게 가장 의미 있는 물건은 유튜버 '티키틱' 소속 추지웅님의 명함이다. 과거 너무나도 감사한 기회가 찾아와 그분과 함께 촬영 현장에서 일을 했었다. 그때 당시 여러 가지 일이 겹쳐 심적으로 많이 지친 상태였는데, 그분의 진심 어린 조언과 위로로 다시 한

번 일어설 수 있었다. 앞서 얘기했지만, '티키틱'은 내 인생의 롤모델이자 목표였다. 미래에 유명해져 함께 작업을 하거나 대화를 나누고 싶다는 생각을 항상 했는데, 그런 나에게 명함을 주신 것이다. 그 명함은 몇 년이 지난 지금까지도 지갑의 한 자리를 차지하고 있다. 책을 보시지는 않겠지만, 꼭 언급하고 싶었다. 정말 감사드린다고, 덕분에 이렇게 성장할 수 있었다고.

Q.
꼭 기억하고 싶은 순간이 있다면?

과거의 나에게 물어보자. 지금껏 경험했던 순간 중에, 절대 잊지 않았으면 하는 순간이 있는지. 있다면 누구와 함께 있었고, 장소는 어디였으며, 어떤 사건이 일어났는지 세세히 질문해 보자. 그 순간을 정확하게 떠올렸다면, 나는 왜 그 순간을 기억하고 싶은지 물어보자. 그 순간을 통해 당신은 무엇을 얻었는가? 그때의 감정이 생생하다면, 어떤 감정을 느꼈는가? 최대한 자세히 그 상황을 적어놓도록 하자. 기억에서 잊히지 않도록.

나의 잊지 못하는 순간은 항상 사랑이라는 주제가 따라온다. 지금껏 사랑했던 모든 추억과 이별했던 순간들을 잊을 수 없다. 사랑을 시작하면, 워낙 깊게 뿌리내리는 스타일이다 보니, 좋았던 감정과 아팠던 감정 모두 오래 지속된다. 어쩌면 기억하고 싶으면서도 깔끔히 지우고 싶은 순간인 것 같기도 하다. 누군가를 사랑했던 순간이 있다면, 당신은 그 추억을 기억하고 싶은가? 뒤에 나올 질문들로 넘어가기 전에 과거에 대한 나의 생각을 정리해보자.

Q.
본인만의 특별한 취미가 있나요?

이제 과거에서 현재로 조금씩 넘어오도록 하자. 이 질문은 과거, 현재, 미래를 모두 생각했으면 했다. 과거에 했던 취미, 현재 하고 있는 취미, 미래에 하고 싶은 취미를 모두 적어보도록 하자. 취미 앞에 '특별한'이라는 단어를 붙인 이유는, 취미라고 해서 너무 단순하게 생각하진 않았으면 했기 때문이다. '사진 찍기', '노래 부르기'와 같은 것들만 취미가 아니라는 것이다. '눈으로 예쁜 풍경 담기', '새로운 노래를 찾아서 들어 보기'처럼, 취미는 행복을 위한 행위라면 뭐든 가능하다.

취미에 대해 다 적었다면, 적은 취미 중에서 요새 가장 자주 하는 것은 무엇인지 표시해 보자. 오답이들은 알고 있겠지만, 나는 요새 클라이밍에 빠진 상태다. 이 질문도 클라이밍이 끝나고 적었던 기억이 있다. 새로운 취미를 갖는 것에 대한 행복을 느낀 이후로, 사람들이 접해보지 않은 것들에 눈을 떴으면 했다. 그래서 이 질문을 게시했다. 당신은 새로 시작해 보고 싶은 취미가 있는가? 미래에 하고 싶은 취미를 적었을 텐데, 지금 그 취미를 시작하지 못하는 이유는 무엇인가? 만약 큰 이유가 없다면, 그 취미를 내일부터 시작해 보는 건 어떨까?

Q.

미래의 나에게 편지를 보낼 수 있다면,
무슨 내용을 보내고 싶나요?

　과거와 현재에 관해 얘기했다면, 이제는 미래를 생각해 보자. 미래의 당신은 어떤 모습일 것 같은가? 당신이 이루고 싶은 것들을 모두 이뤄낸 미래의 모습을 떠올려보자. 이 질문에 대한 답변은 질문에서 언급한 것처럼 편지 형식으로 작성해 보자. 미래의 내가 그 글을 읽게 될지 누가 알겠는가. 무슨 말을 쓸지 모르겠다면, 궁금한 것들을 질문해도 좋을 것 같다. 미래의 나는 어떤 것을 이뤘고, 무엇이 바뀌었는지를 물어보는 것이다.

　내가 만약 편지를 쓴다면, 후회하지 말라는 말을 넣지 않을까 싶다. 분명 미래의 나는 과거에 대한 아쉬움을 가지고 있을 것이다. 후회도 할 것이고 자책도 할 것이다. 그런 미래의 나에게 내가 해줄 수 있는 것은 후회하지 말라는 말뿐인 것 같다. 지금 내가 하는 선택이 최선일지는 모른다. 그렇지만 어떤 선택을 하더라도 이루고 싶은 목표는 꼭 이뤄낼 것이다. 그러니 미래의 나에게 걱정하지 않았으면 한다고 이야기하고 싶다. 미래의 나에게 바라는 점은 현재 나의 목표일 가능성이 높다. 나는 이 글을 읽는 당신이 목표에 다다를 수 있을 것이라 믿는다. 그러니 편지가 아닌 미래를 예언한다는 생각으로 작성해보자.

Q.

미래의 나의 아들, 딸에게
꼭 해주고 싶은 조언이 있다면?

우선 이 질문에 대해 생각해 보기 전에, 부모님은
나에게 어떤 조언을 해주셨는지 떠올려보자. 지금 떠
오른 그 조언은 무슨 상황에서 나온 조언인가? 혼나
고 있었는지, 무언가를 선택하는 상황이었는지 기억
을 더듬어보자. 다 생각했다면, 부모님의 조언에 대한
내 생각은 어땠는지 적어보자. 그 조언을 물려받고 있
는지, 아니면 새로운 나의 조언이 생겼는지 말이다.
만약 후자의 경우라면, 새로 생긴 나의 조언을 적어보
도록 하자.

이제 본론으로 돌아와서, 미래의 자식들에게 어떤
조언을 해주고 싶은가? 교육, 인간관계 등 여러 분야
에 대한 조언을 생각해 보는 것도 좋은 방법이다. 이
질문은 가치관을 정리했으면 하는 의도로 만들었다.
자식에게 해주고 싶은 조언이라는 것은, 다른 사람에

게 하는 조언보다 나만의 가치와 진심이 담겨 있을 것이기 때문이다.

"생각을 많이 하고, 질문을 많이 던져라.". 뻔하지만 내가 자식에게 해주고 싶은 말이다. 닮기를 바라는 것은 아니다. "나는 먼저 이런 인생을 살았으니, 너도 너의 인생을 살아봐라."라는 의미이다. 당신은 어떤 인생을 살았는가? 지금 적은 조언에 그 인생이 담겨있는가? 아마 굉장히 값지고 아름다운 조언일 것이다. 보지 않아도 알 수 있을 것 같다.

Q.

부모님과 찍은 마지막 사진은
언제 어디서 찍은 사진인가요?

이번에는 핸드폰을 한번 열어볼 것이다. 앨범에 있는 수많은 사진 중에서 부모님과 함께 찍은 사진을 찾아보자. 그 사진에는 어떤 추억이 담겨있는가? 시간은 얼마나 지났는지, 장소는 어디인지 적어보도록 하자. 만약 사진이 없다면, 지금 한 장 찍는 것은 어떨까? 지금은 좀 그렇다면 메모장에 적어 두기라도 하자. '부모님과 사진찍기'라고 말이다.

사진 속 부모님의 모습과 지금의 모습은 얼마나 차이가 나는가? 부모님의 얼굴을 자세히 본 적이 없던 나는, 사진을 보고 큰 충격에 빠졌다. 세월의 흔적이 눈에 보였기 때문이다. 부모님의 얼굴을 자세히 본 적이 없다면, 지금 한번 보고 왔으면 좋겠다. 생각이 정말 많아지게 될 것이다. 사진 속 내 모습은 어떤가? 사진 속 표정, 당시의 감정, 지금의 감정 모두 적어보도록 하자.

　사진은 추억을 저장해주기도 하지만, 현재를 확실히 보여주기도 한다. 사진과 동영상이야말로 과거와 대화하기 위한 최고의 수단이기 때문이다. 앨범에 있는 다른 사진들도 한번 보도록 하자. 어떤 과거와 함께했는지, 어떤 사람과 함께였는지. 책을 잠시 덮고 내가 찍은 추억들을 돌아보자.

Q.

전생에 어떤 삶을 살았을 것 같나요?

전생에 나는 어떤 삶을 살았을까? 감히 예상해 보
자면 사람들에게 덕을 쌓는 일을 하지 않았을까 싶다.
지금의 나는 사람을 만나는 운이 정말 좋다. 좋은 사
람들이 곁에 항상 머물기에, 전생에서 베푼 덕들이 돌
아오는 것이 아닐까 하는 생각을 자주 하곤 한다. 나
에게 다음 생을 줄지는 모르지만, 만약 있을 다음 생
을 위해 현생에서의 소중한 사람들을 최대한 챙기려
고 노력하고 있다.

사람들은 안 좋은 일이 생기면 "내가 전생에 무슨
죄를 지었길래"라고 이야기한다. 언제부터 이런 말을
했는지는 기억나지 않지만, 꽤 많은 상황에서 전생 얘
기를 꺼내곤 한다. 이 질문에 대한 답변 또한 정말 많
았다. '왕', '자유롭게 하늘을 나는 새' 등, 지금 나의
모습을 전생에 투영한 듯한 답변이 내 눈을 자극했다.

어쩌면 사람들은 현생의 문제들을 전생에 던져놓는 것일지도 모른다. 전생에 나쁜 짓을 했을 거라고, 전생에 큰 잘못을 저질렀을 거라고 생각하며 현생을 버티고 있는 것은 아닐까? 앞으로는 '전생에 무슨 죄를 지어서'가 아닌, '전생에 큰 공을 세워서' 좋은 일들이 일어난다고 느끼는 순간이 많아졌으면 한다.

Q.

지금까지의 인생을 돌아봤을 때
나는 얼마큼 성장한 것 같나요?

　지금의 나에 대해서 정확히 알기 위해서는, 과거의 나를 제대로 인지할 필요가 있다. 아마 많은 것이 달라졌을 것이다. 생각하는 방식도, 중요하게 여기는 것도. 내적인 것뿐만 아니라 외적으로도 많이 변화했을 것이다. 과거와 비교하기 전에 기준을 먼저 세워보자. 어떤 과거에 살고 있는 나와 대화를 나눠보고 싶은가? 5년 전의 나, 혹은 10년 전의 나여도 좋다. 대화하고 싶은 나를 정해, 지금의 나에 대해 토론할 준비를 해보자.

　그때의 나와 지금 나의 가장 큰 차이점은 무엇인가? 좋은 변화와 나쁜 변화, 두 가지를 생각해 봤으면 한다. 앞서 부러움에 대해 이야기한 것처럼, 나에게 부러운 점 또한 존재할 것이다. 과거의 나에게 부러운 점과 과거의 내가 부러워할 만한 점을 생각해 보자.

계속해서 과거를 떠올리다 보면, 큰 성장 없이 시간만 흐른 것처럼 느껴질 수도 있다. 그런 감정이 느껴지는 이유는 단순하다. 지금 나는 돌아보고 있는 시점이기 때문이다. 시작점에 서 있지 않는 이상, 내가 지나온 길은 짧아 보일 뿐이다. 짧아 보이는 만큼 알찬 시간을 보냈다는 뜻이니, 부디 그렇게 생각하진 않기를 바란다.

Q.
신에게 한가지 질문을 할 수 있다면?

이 세상에 대한 모든 것을 알고 있을 것 같은 전지전능한 존재. 만약 그런 것이 존재한다면 신이 아닐까 싶다. 이 질문은 정말 많은 댓글이 달렸다. 대부분의 사람이 미래의 내 모습을 물어보고 싶어 했다. 아마 미래에 대한 걱정과 고민이 섞인 답변이지 않았을까 싶다. 당신은 어떤 질문을 신에게 던지고 싶은가? 하고 싶은 질문을 적어 놨다면, 그 질문에 대한 대답을 내가 찾을 수 있는지 생각해 보자. 어쩌면 내가 던진 질문이 앞으로 내가 찾아야 할 길일 수도 있기 때문이다.

이 질문은 나의 이상한 습관을 통해 제작되었다. 나는 가끔 힘든 일이 있거나 앞날이 막막할 때, 혼자 산책을 하며 허공에 말한다. "이 정도로 힘들었으면 이제 그만해도 되지 않나?", "너무하네 정말"과 같은 말을, 듣지도 못하는 신에게 건넨다. 굉장히 이상하게 보일 수도 있지만, 생각보다 멘탈 관리에는 효과적이다. 그렇게 얘기하다 보면 내가 어떤 부분을 힘들어하고 있고, 어떤 방향으로 나아가야 할지 갈피가 잡히기 때문이다.

우리는 미래를 원하는 대로 설계하고, 마음이 가는 방향으로 선택할 힘을 가지고 있다. 물론 그렇다고 우리를 신이라고 칭할 수는 없을 것이다. 딱 한가지만 알았으면 한다. 당신이 던진 질문이 신에게 던진 질문이 아닐 수도 있다는 것을, 나에게 던진 질문일 수도 있다는 것을 말이다.

Q.

오늘 눈으로 본 것들 중에
가장 기억에 남는 것은 무엇인가요?

책을 읽고 있는 지금을 기준으로 생각해 보자. 오늘 당신은 어디를 갔었는가? 평소와 똑같은 길이었는지, 아니면 새로운 길이었는지 떠올려보자. 똑같은 길이었다면, 오늘따라 유독 눈에 띄었던 것은 무엇인지 적어보자. 반대로 새로운 길이었다면, 그 길은 지금까지 갔던 길과는 어떤 차이점이 있는지 적어보자. 만약 이런 것들이 기억나지 않아도 괜찮다. 지나가면서 봤던 강아지, 독특한 패션, 눈에 띄는 광고 등 생각나는 것들을 아무거나 적어보도록 하자.

길을 다닐 때 당신의 눈길을 사로잡는 것은 무엇인가? 이상하게 들릴 수도 있지만, 나는 글을 자주 보는 편이다. 상점 간판, 광고 포스터 등 문구나 글이 쓰여 있는 물건에 눈이 많이 간다. 좋은 문구나 예쁜 글씨체가 있다면 사진을 찍어 놓기도 한다. 당신에게도 이런 것이 있는가? 잘 생각이 나지 않는다면, 사진첩을 열어보는 것은 어떨까? 어떤 것을 보았을 때 사진을 찍는지, 기억에 자주 남아있는 것은 무엇인지 생각해 보자.

Q.

힘든 삶을 살아가는 사람들에게
위로의 한마디를 건넨다면?

이 책을 통해 적은 내용을 다른 사람에게 공개할 일
은 아마 없지 않을까 싶다. 그렇기에, 이 질문에 어떤
의미가 있는지 의문이 생길 수도 있다. 사실 나는 위
로를 잘하는 편이 아니다. 현실적인 조언, 문제 해결
방법은 이야기해 줄 수 있지만, 공감은 어려워하기 때
문이다. 그래서 항상 위로를 준비해 놓는다. 사랑에
대한 고민, 진로에 대한 고민, 관계에 대한 고민마다
어떻게 위로하면 좋을지 미리 생각한다.

이상하게 들릴 수도 있다. 그렇지만 위로가 필요한
사람은 항상 갑작스럽게 나타난다. 만약 그 순간에 준
비가 되어있지 않으면 위로가 필요한 사람을 놓칠 수
도 있다. 그래서 이 질문을 던졌다. 어쩌면 가치관에
대한 질문과 유사할 수도 있다. 위로를 건네는 당신만
의 방식과 말투를 적어보도록 하자. 여러 분야별로 생

각해 보는 것도 좋다. 연애 고민은 어떻게 들어주고 싶은지, 인생에 대한 고민은 어떻게 해결해 주고 싶은지. 잘 생각나지 않는다면, 키워드를 적어놓는 것도 좋을 것 같다.

Q.

죽음을 맞이했을 때 사람들이
나를 어떤 사람으로 기억해줬으면 하나요?

　이제 질문도 막바지에 접어들고 있다. 그래서 이번에는 마지막에 관해 이야기해 보려 한다. 당신은 세상에 어떤 사람으로 남겨지고 싶은가? 죽음을 맞이하면 모든 것이 부질없겠지만, 남아있는 사람들이 당신을 어떻게 기억해 줬으면 하는지 생각해 보자. 질문에는 죽음을 맞이했을 때라고 적혀 있지만, 사실 이 질문은 현재도 포함될 수밖에 없다. 죽음 이후에 사람들이 날 기억하기 위해서는, 생전에 이뤄낸 것이 있어야 하기 때문이다. 따라서 이 질문은 "사람들이 나를 어떤 사람으로 기억해 줬으면 하나요?" 가 주된 내용인 것이다.

　이 질문에 대한 대답을 생각하기 전에, 나는 어떤 분야에서 기억됐으면 하는지 생각해 보자. 굉장히 어려운 일이지만, 나는 현재 책을 쓰고 있으니, 유명 작가로 기억된다면 여한이 없을 것 같다. 이처럼 당신이 현재 하는 일을 떠올려보자. 그 분야에서 최고가 되어 사람들의 입에 오르내리는 자신의 모습을 상상해 보는 것이다. 아니면 따뜻한 추억을 많은 사람들과 쌓아, 행복했던 기억만 가득한 사람으로 남고 싶을 수도 있다. 깊이 생각하고 자유롭게 적어보자. 원하는 바가 이뤄졌으면 하는 바람을 담아서 말이다.

유서를 쓴다면 첫 문장은
무슨 내용을 담을 것 같나요?

"잔잔한 하루에 슬픔이라는 돌을 던져 미안합니다" 유서에 적고 싶은 나의 첫 문장이다. 나에게 죽음이란 누군가의 슬픔이라고 느껴졌다. 나를 기억하는 사람, 소중했던 사람들에게 슬픔을 안겨주는 것인데, 얼마나 미안할까. 이 질문을 올릴 당시에는 죽음에 대한 두려움이 앞섰다. 많은 사람과 인터넷을 통해 대화를 나눠서일까. 이제는 두려움보다 미안함이 앞서 있다.

인생의 끝, 죽음이라는 종착역에 도착하면 어떤 기분일 것 같은가? 죽음에 대해 아무것도 알 수 없지만 감히 추측해 보자면, 기나긴 꿈을 꾸는 기분이지 않을까 싶다. 긴 꿈에 빠지기 전, 우리는 세상에 남아있을 사람들에게 마지막 말을 남겨야 한다. 그 메시지의 첫 문장을 어떤 내용으로 시작하고 싶은가? 사람마다 다른 말을 남기고 싶다면, 각각 다른 문장을 써도 좋다.

첫 문장이 아닌 유서 전체를 써보고 싶다면, 그것 또한 좋다. 최대한 몰입해 보자. 절대 펼쳐지지 않았으면 하는 상황이 닥쳤을 때 나는 무슨 말을 내려놓을 것 같은지 고민해 보자.

Q.

삶을 포기하려는 사람을 마주쳤을 때 당신은 어떻게 행동할 건가요?

그렇다면 반대로 죽음을 맞이하려고 하는 사람을 마주친다고 생각해 보자. 당신은 어떤 말과 행동을 해줄 수 있을 것 같은가? 이 질문은 나도 아직 생각하고 있는 질문 중 하나이다. 사실 섣불리 말을 꺼내기 힘들 것 같다. 위로가 될지도 장담할 수 없고, 위로가 된다고 해도 생각을 바꿀 수 있을지 모르기 때문이다. 그렇기에 항상 이 주제에 대해 생각한다. 언제 어디서 누군가 이런 상황에 부닥칠 수도 있기 때문이다.

"정말 힘든 사람은 말하지 않는다"라는 말을 들어본 적이 있는가? 당신은 이 얘기에 대해 어떻게 생각하는가? 나는 이 의견에 대해 어느 정도 동의한다. 우울과 힘듦이 쌓이다 보면 '다른 사람에게 이야기했을 때 피해를 끼치진 않을지', '얘기한다고 해서 무슨 소용이 있을지'와 같은 생각이 머릿속을 지배하게 된다.

결론적으로 하고 싶은 말은, 누구든지 힘들 수 있고, 우울할 수 있다는 것이다. 이 얘기는 당신에게도 해당하고, 당신의 지인들에게도 해당한다. 우울함과 힘듦의 정도는 없다. 타인의 우울함이 더 크기에 내 우울함은 묻어야 한다는 생각은 버렸으면 한다. 그러니 누군가 우울하다고 이야기하거나, 내가 우울한 것 같다면, 미리 들어주자. 걷잡을 수 없을 만큼 커진 뒤에 후회하지 않도록.

Q.

죽음을 앞둔 나에게 가게 된다면, 무슨 말을 해주고 싶나요?

만약 미래로 가서 죽기 직전인 나의 모습을 보게 된다면 어떨 것 같은가? 나는 굉장히 심란할 것 같다. 미래에 내가 겪게 되는 일이라고 해도, 어쨌든 나의 죽음이기 때문이다. 더군다나 죽음을 앞둔 나의 옆에 어떤 사람이 있고, 어떤 인생을 살았는지 너무나 궁금할 것 같다. 당신이라면 죽어가는 나에게 어떤 말을 해주고 싶은가? 병실에 누워있는 나에게 직접 말을 해준다고 생각하며 글을 작성해 보자.

솔직히 나는 많은 것을 물어볼 것 같다. 어떻게 살아야 할지, 어떤 선택을 해야 할지 말이다. 그 말을 모두 믿지는 않겠지만, 미래에 대한 정보가 있다면 조금은 마음이 편해지지 않을까 싶다. 당신은 어떤 글을 썼는가? 왜 그런 말을 전하고 싶은지 이유 또한 생각해 보자.

추가로 그 말을 미래의 내가 듣게 된다면, 어떤 감정을 가질 것 같은가? 몰입하는 것이 어렵다면, 지금 쓴 글을 누군가에게 받았다고 생각하며 읽어보자. 혹시 책 초반부에 썼던 '지금 듣고 싶은 한마디'가 기억나는가? 그때 썼던 글을 가져와 보자. 지금 쓴 글과 어떤 차이가 있는지 생각하며 다음 질문으로 넘어가보자.

Q.

죽기 전 마지막으로 듣고 싶은 말은?

그럼 반대로 당신은 어떤 말을 듣고 싶은가? 미래의 내 관점으로 생각하는 것이 어렵다면, 지금 나의 관점으로 생각해도 된다. 지금까지 어떤 인생을 살았는지, 무슨 말을 들으면 눈물이 왈칵 쏟아질 것 같은지 생각해 보자. 꼭 감동적인 말이 아니어도 좋다. 어떤 행동이나 물건을 보고 싶은 지 적어도 된다. 만약 말에 대해서 적었다면, 어떤 사람에게 그 말을 듣고 싶은가? 머릿속에 바로 떠오른 사람이 있다면, 적어 보도록 하자.

"멋지다, 자랑스럽다, 고생했다.". 마지막으로 내가 가장 듣고 싶은 말이다. 자존감이 워낙 낮은 사람이 나라는 것을 알기에, 마지막으로 누군가가 나에게 이 말을 한다면 감정이 북받칠 것 같다. 나는 한순간도 나를 인정한 적이 없다. 만약 과거의 내가 현재로

온다고 해도, 나는 나를 인정하지 못할 것이다. 어쩌면 내가 적은 저 말은, 죽기 전뿐만 아니라 언제든 듣고 싶은 말일지도 모르겠다. 당신은 어떤 말을 적었는가? 그 말을 지금 듣게 된다면 어떤 기분일 것 같은가? 나도 아직 하지 못했지만, 기회가 된다면 그 말을 지금 나에게 해주는 건 어떨까?

Q.
죽기 전 마지막으로 하고 싶은 것은?

그렇다면 이번에는 하고 싶은 것에 관해 이야기해 볼 것이다. 죽기 전 마지막으로 딱 한 가지만 할 수 있다고 상상해 보자. 어떤 경험으로 마무리하고 싶은가? 평소에 하지 못했던 것은 무엇인지, 살면서 꼭 한 번쯤은 해봤으면 하는 것이 있는지 생각해 보자. 만약 내가 죽기 직전이라면, 나는 아이슬란드로 여행을 떠날 것이다. 그곳에서 광활하게 펼쳐진 풍경을 보며 삶을 마무리하고 싶다. 어떤 장소에 가고 싶고 무엇을 먹고 싶은지, 마지막으로 보고 싶은 풍경은 무엇인지 자세히 적어보자.

죽음에 대해서 생각하다 보면, 마음의 공허함과 초라함이 느껴진다. 분명 언젠가는 일어날 일이라는 것을 알지만, 그렇다고 죽음을 당연하게 받아들이긴 힘들기 때문이다. 책의 끝부분에 이런 주제를 넣은 거창

한 이유가 있을 것 같지만, 막상 그렇지는 않다. 그저 살아있음을 느꼈으면 했다. 이별에 대해 알고 있어야 사랑을 알게 되고, 익숙함을 느껴야 소중함을 알게 되는 것처럼, 죽음에 대해 생각하다 보면 살아있음을 느끼게 될 것이다. 이 책이 끝나더라도 당신과 나의 질문이 끝나지 않는 것처럼 말이다.

Q.

내 인생의 결말을 쓸 수 있다면
무슨 내용으로 마무리하고 싶나요?

이 질문에 대한 답변을 작성할 때는 소설가가 되었다고 생각하며 답을 해줬으면 한다. 소설가가 되어 당신이 주인공인 소설의 결말을 써보는 것이다. 감히 예측해 보지만, 아마 그 소설의 장르는 정할 수 없을 것이다. 당신이 지나온 인생에는 로맨스, 공포, 미스터리 등 여러 장르가 섞여 있을 것이기 때문이다. 그렇다면 지금 작성하려고 하는 마지막 장면은 어떤 장르였으면 하는가? 장르로 정하기 어렵다면, 어떤 분위기였으면 하는지 생각해 보자.

앞서 우리가 얘기한 어떤 사람으로 남고 싶고, 어떤 말을 듣고 싶으며, 마지막으로 하고 싶은 것은 무엇인지에 대한 답변을 떠올려보자. 소설을 완성하는 데 도움이 될 것이다. 당신의 인생을 표현하는 한 문장이나 단어에 대해서 생각해 보는 것도 좋다. 떠오른 문장과 단어를 이용해 결말의 마지막 문장을 작성해 보는 것이다. 내가 쓴 소설 속 결말에 있는 "나의 질문은 아직 끝나지 않았다"라는 문장처럼 말이다.

Q.

이 책의 제목은 무엇인가요?

이제 이 책과 노트에는 당신에 대한 이야기로 가득하다. 당신의 과거, 현재, 미래가 담겨있고, 고민과 목표 또한 적혀 있다. 마지막으로 당신이 지금까지 읽고 쓴 이 책의 제목을 정해보자. 당신을 표현하는 말이어도 좋고, 답변을 작성하며 가장 많이 떠오른 단어여도 좋다. 이 책을 세상에 하나뿐인 당신만의 책으로 만들어보자.

앞서 말했듯 나의 질문은 아직 끝나지 않았다. 그리고 당신의 질문도 마찬가지이다. 앞으로 많은 질문과 답변을 쏟아낼 것이다. 답변하지 못하는 질문 또한 생겨나겠지만, 질문하는 것은 멈추지 않았으면 한다. 당신 안에는 아직 발견되지 않은 질문들이 넘쳐나고, 그 질문 안에는 또 다른 당신이 존재하기 때문이다. 이 책에 적힌 질문 또한 마찬가지이다. 일주일 뒤, 한 달

뒤, 십 년 뒤에 당신이 이 질문을 접한다면, 분명 다른 답변이 나올 것이다. 그래서 나는 큰 욕심 하나를 던져볼까 한다.

이 책은 분명 당신의 기억 속에서 무뎌질 것이다. 더 훌륭하고 멋진 책들이 당신의 머리와 마음을 채울 것이고, 그 안에서 또 다른 성장을 이룩할 것이기 때문이다. 그렇기에 내가 바라는 것은 딱 하나이다. 일상을 보내다 문득 이 책이 생각난다면, 다시 한번 이 책과 노트를 펼쳐 줬으면 한다. 직접 작성한 답변을 보며, 당신이 얼마나 바뀌었는지 또다시 질문해 보는 것이다. 그렇게 생각나고 펼쳐보는 것을 반복하며 당신에게 끊임없이 질문할 수 있는 책이 된다면, 여한이 없을 것 같다.

끝

제가 이 책에서 준비한 질문은 여기까지입니다. 당신은 멋진 자화상을 그렸고, 그림 아래 사인까지 마쳤습니다. 정말 멋진 작품이네요. 노트를 다 채우지 않았을 수도 있지만, 깊게 고민하고 생각한 느낌이 여기까지 전해지는 것 같아요. 질문하는 것에 조금이나마 익숙해졌으면 하는 마음으로 책을 썼는데, 의도가 잘 전달됐는지 모르겠네요.

글을 쓰는 과정은 생각보다 순조로웠습니다. 질문은 일상이 된 지 오래였고, 쓰고 싶은 글이 막힘없이 키보드로 흘러갔습니다. 오히려 문제는 마무리였죠. 생각을 나열하는 것은 재밌고 순탄했지만, 그 생각들을 원하는 모양으로 다듬는 건 너무나 어려웠습니다. 글에 만족하지 못한 거였죠. 공감을 끌어낼 수 있을지, 문제가 되는 내용은 없을지, 질문하는 책을 쓰면서 반대로 저에게 질문을 던졌습니다.

그러다 문득 제 원고 첫 장에 있는 글이 눈에 들어왔어요. "정답은 없다." 머리를 한 대 얻어맞은 것 같았습니다. 문제를 풀듯이 책을 써 내려간 저를 원망했죠. 그저 이 감사한 기회를 과정이라고 생각하기로 했습니다. 이 책으로 인해 내 글이 만족스러워지는 순간이 올 거라 믿으며, 또 하나의 배움으로 여기고 나아가려 합니다.

저는 이제 또 다른 질문을 하러 갈 예정입니다. "이 책은 어땠나요?" 아마 다음 질문은 이 문장이 되지 않을까 싶네요. 당신은 어떻게 느꼈나요? 책이 마음에 들었나요? 만약 마음에 들었다면, 이 책에 흥미로운 주인공을 등장시키고, 아름다운 서사를 적어준 당신 덕분입니다. 진심으로 멋진 이야기를 들려주셔서 감사합니다.

이 책의 제목은 무엇인가요?

초판 1쇄 발행 2024년 11월 05일
초판 1쇄 인쇄 2024년 11월 05일

지은이   오늘의 질문

디자인   포레스트 웨일
펴낸이   포레스트 웨일
펴낸곳   포레스트 웨일
출판등록   제2021 - 000014 호
주소   충남 아산시 아산로 103-17
전자우편   forestwhalepublish@naver.com

종이책   979-11-93963-55-5

작가님들과 함께 성장하는 출판사
포레스트 웨일입니다.
작가님들의 소중한 원고를 받고 있습니다.
forestwhalepublish@naver.com